大家小书

唐代进士行卷与文学

程千帆 著

北京出版集团
北京出版社

图书在版编目（CIP）数据

唐代进士行卷与文学 / 程千帆著. — 北京：北京出版社，2020.6（2024.7重印）
（大家小书）
ISBN 978-7-200-15155-8

Ⅰ. ①唐… Ⅱ. ①程… Ⅲ. ①中国文学—古典文学研究—唐代 Ⅳ. ① I206.42

中国版本图书馆 CIP 数据核字（2019）第 206665 号

总 策 划：安　东　高立志　　责任编辑：孔伊南

·大家小书·
唐代进士行卷与文学
TANGDAI JINSHI XINGJUAN YU WENXUE
程千帆　著

出　　版　北京出版集团
　　　　　北 京 出 版 社
地　　址　北京北三环中路 6 号
邮　　编　100120
网　　址　www.bph.com.cn
总 发 行　北京出版集团
印　　刷　北京华联印刷有限公司
经　　销　新华书店
开　　本　880 毫米 ×1230 毫米　1/32
印　　张　4.625
字　　数　70 千字
版　　次　2020 年 6 月第 1 版
印　　次　2024 年 7 月第 2 次印刷
书　　号　ISBN 978-7-200-15155-8
定　　价　42.00 元

总　　序

袁行霈

“大家小书”，是一个很俏皮的名称。此所谓“大家”，包括两方面的含义：一、书的作者是大家；二、书是写给大家看的，是大家的读物。所谓“小书”者，只是就其篇幅而言，篇幅显得小一些罢了。若论学术性则不但不轻，有些倒是相当重。其实，篇幅大小也是相对的，一部书十万字，在今天的印刷条件下，似乎算小书，若在老子、孔子的时代，又何尝就小呢？

编辑这套丛书，有一个用意就是节省读者的时间，让读者在较短的时间内获得较多的知识。在信息爆炸的时代，人们要学的东西太多了。补习，遂成为经常的需要。如果不善于补习，东抓一把，西抓一把，今天补这，明天补那，效果未必很好。如果把读书当成吃补药，还会失去读书时应有的那份从容和快乐。这套丛书每本的篇幅都小，读者即使细细地阅读慢慢地体味，也花不了多少时间，可以充分享受读书的乐趣。如果把它们当成补药来吃也行，剂量小，吃起来方便，消化起来也容易。

我们还有一个用意，就是想做一点文化积累的工作。把那些经过时间考验的、读者认同的著作，搜集到一起印刷出版，使之不至于泯没。有些书曾经畅销一时，但现在已经不容易得到；有些书当时或许没有引起很多人注意，但时间证明它们价值不菲。这两类书都需要挖掘出来，让它们重现光芒。科技类的图书偏重实用，一过时就不会有太多读者了，除了研究科技史的人还要用到之外。人文科学则不然，有许多书是常读常新的。然而，这套丛书也不都是旧书的重版，我们也想请一些著名的学者新写一些学术性和普及性兼备的小书，以满足读者日益增长的需求。

“大家小书”的开本不大，读者可以揣进衣兜里，随时随地掏出来读上几页。在路边等人的时候，在排队买戏票的时候，在车上、在公园里，都可以读。这样的读者多了，会为社会增添一些文化的色彩和学习的气氛，岂不是一件好事吗？

“大家小书”出版在即，出版社同志命我撰序说明原委。既然这套丛书标示书之小，序言当然也应以短小为宜。该说的都说了，就此搁笔吧。

新时期学术的经典之作

蒋　寅

《唐代进士行卷与文学》，是先师1979年恢复工作后最初出版的著作，1980年由上海古籍出版社印行。这项研究的缘起，是1936年先师读到陈寅恪先生的英文论文《韩愈与唐代小说》，敏锐地意识到“行卷”现象对唐代文学的重要意义，于是将它译成中文，并在日后的研究中不断搜集材料，进一步丰富、深化寅恪先生的观点，终于在30年后写成本书。从书中引证先行研究止于20世纪50年代，可知先师的思考和准备至那个时期中辍，直到赴南大任教才一气写成。1981年元月19日致周策纵教授信，提到“近作论唐人行卷小册子”可为一证。

本书研究的是唐代科举与文学关系的一个分支课题，讨论由进士考试派生的行卷风气对于唐代文学的影响。第一章引言提出问题，第二章论述唐代科举考试的特点及行卷风气的由来，第三章根据现有资料勾稽行卷的具体情形与卷子的构成，第四章分析举子和行卷对象对待行卷的态度及与文学的关系，第五章检讨前人论唐代文学与进士科举之关系的得失，第六章论述行卷对唐诗发展的影响，第七章说明行卷对于唐代古文运动的推动作用，第八章论述行卷风气与传奇的勃兴。开篇立宗旨，有纲举目张之效，第二章以下由点及面，层层深入，使唐代文学史上这个众所周知却无人讨究的文学现象完整地呈现在读者面前。全书虽只有六万余言，却对行卷这一关乎唐代科举制度、社会风气和文学创作的重大问题做了非常深入的阐述。出版后引起学界的重视，日本学者松冈荣志教授很快就译成日文，在海内外产生广泛的影响。

这部写得极为凝炼的著作，集中体现了中国文史研究的传统，以鲜明的学术特色在新时期学术史上占有重要的位置，具有多方面的典范意义。

首先，本书是由文化视角讨论文学史问题的开风气之作，既传承了古典学术文史不分的传统，也体现了先师毕生追踵乡前辈学者陈寅恪先生文史互证或曰文化批评的学术理路。后来引发傅璇琮《唐代科举与文学》、陈飞《唐诗与科举》、祝尚书《宋代科举与文学》等一系列考察科举制度与文学之关系的后续研究。

其次，本书在新时期学术恢复初期为学界树立了严谨的学术规范。书中涉及学术问题，都对前人的见解加以引述，仅第八章就征引冯沅君、陈寅恪、黄云眉、汪辟疆、郑振铎、吴庚舜、胡珽、卞孝萱等多位学者的先行研究，择善而从，同时表达自己的不同看法。使用古籍文献，更是慎择版本，规范注释，遇到原始文献存在异文或有不同出处，必于注释中加以说明，保证了原始文献的扎实可靠。

复次，本书取材繁富而善于熔裁，给人资料翔实而行文却非常简炼的感觉。先师自言“由于试图将曾在7世纪至9世纪的我国选举史以及文学史上不但存在过而且十分盛行的这种特殊风尚重现在读者面前，举证不免烦琐”。但我们读来只觉得举证富赡而论析要言不烦，凡是前人已有辨析或解决的问题，一概纳入注释，说明可参考的论著，不再重复辨析，故全书文字洗练清省，毫无壅塞之感。

记得1984年冬博士生入学面试时，周勋初老师问我阅读过哪些程先生的著作。当时我只读过本书，便据实以对。周老师问我读后感如何，我陈述几点收获之后，斗胆对“省试诗确实是唐诗中的糟粕，是进士科举制度给唐代文学带来的消极影响”的结论略陈不同看法。盖先师针对前人在科举试诗与唐代文学的关系上或肯定或否定的简单看法，提出对科举施予文学的影响要一分为二地看："如果就它以甲赋、律诗为正式的考试内容来考察，那基本上只能算是促退的"；而从进士考试派生的行卷风气来考察，就不可否认它对各种文学样式都起过一定的促进作用。宋代以后科举试卷糊名，行卷失去存在的意义，"科举制度就只能桎梏人的思想而败坏人的文笔，而不能再对文学的发展发生任何好的作用"。我当时说，科举试诗文虽对写作多有拘限，难以产生佳作，但日常却能激励研习写作的风气，对整体提高士人的写作技能还是有一定的促进作用。先师颔笑赞许，说自己后来也想过这个问题，以后可以修订。

弹指间三十六年过去，先师慈祥的音容犹然在眼，而当年的小门生已斑鬓向老，欲再承音旨渺不可得，唯讽味遗言而长挹清芬，敬述历年绩学而有得于师教者，聊奉读者君参证。

受业　蒋寅沐手敬识

二〇二〇年四月十四日

目　录

一　问题的提出

关于唐代的进士科举，两《唐书》、《通典》、《册府元龟》、《文献通考》、《唐会要》诸书已经记载得相当详备。但这些著述大都详于这种制度的叙述和评价，而对基于这种制度而形成的一些风尚，则较少涉及。例如我们在这里所准备加以研究的行卷问题，除《文献通考》曾一引项安世说之外，其余的书里就几乎没有正面地提到过。徐松《登科记考》是研究唐代科举的专门名著，但限于体例，对行卷这种风尚也没有系统地加以探讨。

其次，关于唐代进士科举和文学的关系，前人虽曾经发表过一些零星的见解，而从事较为深入的研究，则实始于当代的学者们。陈寅恪、冯沅君等人，对于这个问题，都有所论列。[1]但在他们已经发表的专书或论文中，也还没有全面地论及行卷这种风尚与文学发展的关系问题。

个人年来涉猎文史，鸠集了一些有关这些问题的资料，因而大致明白了唐代进士行卷是怎么一回事，并且进一步认识到，对于唐代文学发展起着积极的促进作用的，并非进士科举制度本身，而是在这种制度下所形成的行卷这一特殊风尚。今试将管见述论如次，以求教于对进士科举与文学的关系这个问题已经进行过专门研究的诸位先生和文学史工作者。由于试图将曾在7世纪至9世纪的我国选举史以及文学史上不但存在过而且十分盛行的这种特殊风尚重现在读者面前，举证不免烦琐；

① 请看下列文献。陈寅恪：《唐代政治史述论稿》中篇，《政治革命及党派分野》（1944年），《韩愈与唐代小说》（《哈佛亚细亚学报》*Harvard Journal of Asiatic Studies*第一卷第一期，1936年；译文载《国文月刊》第五十七期，1947年）；《元白诗笺证稿》第一章，《长恨歌》（1955年）；《读〈莺莺传〉》（《历史语言研究所集刊》第十本，1948年；又见《元白诗笺证稿》第四章，《艳诗及悼亡诗》附录）；施子愉：《唐代科举制度与五言诗之关系》（《东方杂志》第四十卷第八号，1944年）；李嘉言：《词之起源与唐代政治》（《文艺复兴》中国文学研究号上，1948年；又见《古诗初探》，1957年）；冯沅君：《唐传奇作者身分的估计》（《文讯》第九卷第四期，1948年）；刘开荣：《唐代小说研究》第一章，《传奇小说勃兴三大因素——古文运动、科举制度及佛教影响》（1947年）；张长弓：《唐宋传奇作者暨其时代》（1951年）。此外，日本铃木虎雄曾撰《唐之考试制度与诗赋》一文，由张我军译载1929年3月30日天津《益世报》附刊，未见。

同时，由于现存文献及个人水平的限制，立论也不免粗疏。这就希望大家严加指正，继续讨论，以期这个对于唐代文学研究说来并非无关重要的问题，获得较为圆满的解决。

二　行卷之风的由来

所谓行卷，就是应试的举子将自己的文学创作加以编辑，写成卷轴，在考试以前送呈当时在社会上、政治上和文坛上有地位的人，请求他们向主司即主持考试的礼部侍郎推荐，[①]从而增加自己及第的希望的一种手段。这也就是一种凭借作品进行自我介绍的手段；而这种手段之所以能够存在和盛行，则是和当时的选举制度分不开的。

① 唐初的科举考试，本由考功员外郎主持，从开元二十四年（736）以后，才改由礼部侍郎主持，并成为定制。偶尔由其他官员主持，则称为“权知贡举”，表示是一种特殊情况。关于由考功员外郎改归礼部侍郎主持的缘由，据《唐摭言》卷一，《进士归礼部》门的记载，是因为“庭议以省郎位轻，不足以临多士，乃诏礼部侍郎专之矣”。刘肃《大唐新语》卷十，《厘革篇》所记同，盖即《唐摭言》所本，惟礼部误作吏部。

原来，唐代科举考试的试卷是不糊名的。[①]因为不糊名，所以某年某科有谁参加考试、哪本试卷属于谁，都是公开的。这就使得主试官除了评阅试卷之外，还有参考甚至于完全依据举子们平日的作品和誉望来决定去取的可能；也使得应试者有呈献平日的作品以表现自己和托人推荐的可能；也使得主试官的亲友有代他搜罗人才，加以甄别录取的可能。洪迈《容斋四笔》卷五，《韩文公荐士》条云：

> 唐世科举之柄，专付之主司，仍不糊名。又有交朋之厚者为之助，谓之通榜。故其取人也，畏于讥议，多公而审。亦有胁于权势，或挠于亲故，或累于子弟，皆常情所不能免者。若贤者临之则不然，未引试之前，其去取高下，

① 关于唐、宋时代科举考试由不糊名而糊名的情况，详见顾炎武《日知录》卷十七，《糊名》条及黄汝成《集释》。唐制，举子在礼部通过考试后，称为选人，他们还要在吏部通过一场释褐试，才能担任官职。武后时，曾“敕吏部糊名考选人判，以求才彦”（《旧唐书·刘宪传》），“策贤良方正，诏吏部尚书李景谌糊名校复”（《新唐书·张说传》），随后又“以为非委任之方，罢之”（《新唐书·选举志》）。这都是属于吏部考试选人，而非属于礼部考试举子的事。所以顾炎武特地指出：“糊名已用之选人，而未尝用之贡举。”有些著作，如吕思勉《隋唐五代史》第二十章第五节《选举》上及陈登原《国史旧闻》卷二十七第三百二十七条《科举关防》都将礼部试终唐之世未尝糊名与吏部试在武后时一度糊名混为一谈，是不对的。

固已定于胸中矣。

这段话比较扼要地指出了在试卷不糊名这种制度之下出现的种种情况。我们知道，唐代的科举制度是由魏、晋的九品中正制嬗变而来的，而九品中正制的举人，虽然往往是极不公正的，却同时也是公开的而非秘密的。唐代的科举考试采取了试卷不糊名的方式，使主试官得以审查应试者平素在学业上的表现，可能是九品中正制遗留下来的影响。另外，将自己的作品送请有地位、有学问的人看，希望得到他们的揄扬或教益，这也原是古已有之的。[①]不过到了唐代，文士们更利用了这种办法来为争取进士登第服务。这就使之形成一种风尚，有别于通常的投送卷轴，而且出现了行卷这个专称。

助长行卷之风的，主要是那些在社会上、政治上、文坛上有地位的人，还有那些与主试官关系特别密切，因而可与之通

① 试举一个有名的例子。《世说新语·文学篇》："钟会撰《四本论》始毕，甚欲使嵇公一见，置怀中既定，畏其难，怀不敢出，于户外遥掷，便面急走。"（末句，有些本子作"便回急走"，《太平御览》卷三百六十五及卷三百九十四引作"面便走"，我初以为，别本均较可通。后日本村上哲见教授赐告："这四字还是以通行本为妥。《汉书·张敞传》有'以便面拊马'句，颜师古注云：'便面，所以障面、盖扇之类也。不欲见人，以此自障面，则得其便，亦曰屏面。'"村上教授的意见是正确的。谨著于此，并表谢意。）

榜，即共同决定录取举子的名单的人。王定保《唐摭言》卷八，《通榜》门载有四个例子，其中最突出的一个是宣宗大中十年（856）郑颢知贡举，竟托崔雍为榜。崔雍提出名单以后，这位主司又一无更改，即行公布。在一般情况下通榜的人可以参与机密，决定及第人的名单和名次，如钱易《南部新书》癸卷所云：

> 贞元末，许孟容为给事中，权文公任春官，时称权、许。进士可不，二公未尝不相闻。

凡是接受了举子呈献行卷的人，他们既可直接推荐于主试官，也可间接推荐于通榜者，而有力的推荐者，在某种程度上，也就成了通榜者了。举子们将行卷投给他们，以求赏识，是很自然的。

但试卷不糊名和主试官及其通榜者可以依据举子们平日的成就与声望决定其去取这些事实，只能解释行卷的风尚何以能够存在，而不能充分地解释它何以十分盛行。因此，有必要继续指出：第一，行卷的风尚是和当时贡举诸科目中出路最好因而最受重视的进士科紧密地联系着的；而第二，它又是和进士科的去取以文词优劣为标准紧密地联系着的。

唐代贡举分为制科和常科，而常科之中，主要的又只有进士、明经两科。制科，据说是以待非常之才的，名目既极为繁多，每年或设或否，情况又极不一致。所以一般人所趋赴的，仍然集中在常科方面。常科之中，进士、明经两科虽然并列，而两者地位的高下和及第的难易，却大不相同。《唐摭言》卷一，《散序进士》门云：

> 进士科始于隋大业中，盛于贞观、永徽之际。[①] 缙绅虽位极人臣，不由进士者，终不为美，以致岁贡常不减八九百人。其推重谓之“白衣公卿”，又曰“一品白衫”；其艰难谓之“三十老明经，五十少进士”。

进士科的举子还在穿着白麻衣去行卷或应试的时候，已被人推重，认为将来可以位至公卿，官居一品；而明经科的举子则无人对他们寄以这种厚望。三十岁明经及第，就算是老明经了；而五十岁进士及第，却还要算少进士。这些谚语正非常形象地指出了这两种科目在唐人心目中的价值相差是多么远。

行卷的风尚只是和进士科而不是和明经科联系着，一方面

---

① 《元白诗笺证稿》第一章《长恨歌》云：“唐代科举之盛，肇于高宗之时，成于玄宗之代，而极于德宗之世。”主要的也是指进士科而言，较《唐摭言》所说为精确、全面。

当然是因为明经科很容易考取，无须乎费事去进行这种紧张的闱外活动；另一方面，也因为明经科的考试内容是以帖经为主，及第的关键在于熟悉经书，而经书之熟悉与否，是无从用行卷这种方式来表现的，因此，应明经举的人自然也就没有必要行卷了。《学津讨原》本康骈《剧谈录》卷下，《元相国谒李贺》条云：

> 元和中，进士李贺善为歌篇，韩文公深所知重，于缙绅之间，每加延誉，由此声华藉甚。时元相国稹年老，[1]以明经擢第，亦攻篇什，常愿结交贺。一日，执贽造门。贺揽刺不容，遽令仆者谓曰："明经擢第，何事来看李贺？"相国无复致情，惭愤而退。

考元稹以十五岁明经及第，事在德宗贞元九年（793），[2]那时李贺才四岁。"事之不实，无庸详辨。"[3]但这个虚构的故事

① 按："老"，当作"少"，观下文自明。

② 本书所举列的曾经应明经、进士等科举的人及其登第年份，均据《登科记考》，以下不再一一注明。

③ 朱自清《李贺年谱》（《清华学报》第10卷第4期，1935年）语。参岑仲勉：《唐史余沈》卷三，《李贺与元稹》条。

不仅反映了当时社会重进士轻明经的情况，同时也反映了应明经举或从明经科出身的人，一般是不以诗文为贽去进谒他人，即不从事于行卷的；[①]如果这样做了，就可能因为违反常情而被奚落一场，如这个故事中所描绘。事实上，我们也还没有在文献中看到应明经举的人从事行卷的事例。

赵彦卫《云麓漫钞》卷八云：

> 唐之举人，先藉当世显人以姓名达之主司，然后以所业投献。逾数日又投，谓之温卷。如《幽怪录》《传奇》等皆是也。盖此等文备众体，可以见史才、诗笔、议论。至进士则多以诗为贽，今有唐诗数百种行于世者，是也。

这是一条为诸家所共同引用过的资料。它告诉了我们唐人用传奇小说行卷这个重要事实。但其所叙述的某些方面则殊嫌含混，有待订正，因为它既没有将举子们纳省卷与投行卷这两种

① 唐人所谓“执贽”、“投贽”或“贽谒”，也就是行卷，如范摅《云溪友议》卷中，《中山诲》条：“襄阳牛相公……尝投贽于刘补阙禹锡，对客展卷，飞笔涂窜其文。”曾慥《类说》卷十一载《芝田录》：“卢君出牧衢州，有一士投贽。公开卷，阅其文十篇。”《唐摭言》卷六，《公荐》门：“吴翰林融为侍御史，出官峡中，（卢）延让时薄游荆渚，贫无卷轴，未遑贽谒。”皆可为证。

不同的事实区别开来，也没有将无论是纳省卷或投行卷都主要是应进士科的举子的特有风尚而与明经科并无关系这一事实指陈出来。如文献所昭示，当时进士到礼部应试（即所谓省试，礼部属尚书省）之前，除了上面所谈到的要向有地位的人投行卷之外，还要向主试官纳省卷（称为省卷，因为是向尚书省所属官府——礼部交纳的。它又称公卷，则对行卷系献给私人的而言）。两者的内容可能一样，对象却有区别。孙望校本元结《元次山集》卷十，《〈文编〉序》：

> 天宝十二年，漫叟以进士获荐，名在礼部。会有司考校旧文，作《文编》纳于有司。……侍郎杨公见《文编》，叹曰："以上第污元子耳，有司得元子是赖。"……明年，有司于部堂策问群士，叟竟在上第。

《唐摭言》卷十二，《自负》门：

> 刘允章侍郎主文年，榜南院曰："进士纳卷，不得过三轴。"刘子振闻之，故纳四十轴。

《南部新书》甲卷：

李景让典贡年，有李复言者，纳省卷，有《纂异》一部十卷。榜出曰："事非经济，动涉虚妄，其所纳仰贡院驱使官却还。"复言因此罢举。

这都是纳省卷的事例。所以胡震亨《唐音癸签》卷十八，《进士科故实》条说：

举子麻衣通刺，称乡贡，由户部关礼部，各投公卷；亦投行卷于诸公卿间，旧尝投今复投者，曰温卷。礼部例得采名望收录。

又考《旧唐书·韦陟传》云：

曩者，有司取与，皆以一场之善登其科目，不尽其才。陟先责旧文，仍令举人自通所工诗笔，先试一月，知其所长，然后依常式考核。片善无遗，美声盈路。

韦陟以礼部侍郎知贡举，事在天宝元年（742）。[1]纳省卷的

① 据《登科记考》卷九。

风尚可能即由此而形成。这种风尚的消失，则在宋初，见范镇《东斋纪事》卷三所载：

初举人居乡，必以文卷投贽先进。自糊名后，其礼浸衰。贾许公为御史中丞，[1]又奏罢公卷，而士子之礼都亡矣。

这些资料将省卷、行卷之别表示得很分明，但《云麓漫钞》所云，“先籍当世显人以姓名达之主司”，似指投行卷而言，“然后以所业投献（于主司）”，又似指纳省卷而言，就不够清楚了。又如前所说，无论是纳省卷或投行卷，都只是进士科举子的事。（进士及第以后，再举制科的人，也有继续向当世显人行卷的，那可以说是进士行卷之风的延长。）而据《云麓漫钞》语意，似乎无论什么科的举子，都曾以传奇小说来行卷，惟独进士才多以诗行卷，这也和现存其他文献所提供的事实不合。赵彦卫这段文字曾经引起过某些研究者的误解，[2]因而我们在接触到这个问题的时候，不能不附带加以辨明。至于行卷与省卷虽然并行不悖，但由于省卷成千累百

① 贾昌朝尝以右谏议大夫权御史中丞，嘉祐元年，进封许国公，见《宋史》本传。

② 参前举冯沅君先生文。

地集中于主司一人，其势不能尽阅，结果反而成了具文。举子所重，仍在向显人投献行卷这一方面，这也是可以从传世文献中涉及省卷者极少，而涉及行卷者甚多这个现象推断出来的。

既然行卷的风尚是和进士科举紧密地联系着，而这种联系又基于进士登第与否的关键在于文词的优劣，那么，考察一下进士科考试项目的情况，对于行卷之风的了解，就很有必要了。关于这个问题，史籍记载得相当详细，而赵翼《陔余丛考》卷二十八，《进士》条所述则较为扼要，今录如下：

> 唐初制，试时务策五道，帖一大经，经、策全通为甲第。策通四，帖过四以上为乙第。永隆二年，以刘思立言进士惟诵旧策，皆无实材，乃诏进士试杂文二篇，通文律者然后试策。此进士试诗、赋之始。开元二十五年诏："进士以声韵为学，多昧古今，自今加试大经十帖。"建中二年，中书舍人赵赞权知贡举，又以箴、论、表、赞代诗、赋。大和八年，仍复诗、赋。此唐一代进士试艺之大略也。

惟赵氏所言，也颇有疏误，首先是误以为试杂文即系试诗、赋；[1]其次是误以为自德宗建中二年（781）赵赞奏罢诗、赋以后，直至文宗大和八年（834）才恢复。徐松《登科记考》卷二，永隆二年条按语云：

> 杂文两首，谓箴、铭、论、表之类。开元间始以赋居其一，或以诗居其一，亦有全用诗、赋者，非定制也。杂文之专用诗、赋，当在天宝之季。

据王应麟《玉海》卷二百三及二百四，《辞学指南》所载高宗

---

① 和赵翼同样误以为试杂文即试诗、赋的，还有叶梦得，其《避暑录话》卷下云："永隆后进士始先试杂文二篇，初无定名。《唐书》自不记诗、赋所起，意其自永隆始也。"《唐音癸签》卷十八，《进士科故实》条及今人岑仲勉《隋唐史》卷下《唐史》第十八节《进士科抬头之原因及其流弊》所说亦同此误。《太平广记》卷一百七十八载卢言《卢氏杂说》则说进士试诗、赋，始于文宗开成三年（838）高锴知贡举，内出《霓裳羽衣曲赋》《太学创置石经》诗作试题。错误更其明显。又杭世骏《道古堂文集》卷八，《〈唐律类笺〉序》云："稽唐科举之制，……凡试必有诗，凡诗必用排律，然犹兼以他文也。至元和八年，始专以诗、赋取士，于是排律与律赋遂为举场必擅之技。"如上所述，进士本来只试策论和帖经，后来才加上杂文，试杂文部分，又逐渐变为专试诗、赋，所以并非"凡试必有诗"，而"兼以他文"。杭氏不仅把这一事实弄颠倒了，而且又误记《新唐书·选举志》"大和八年，礼部复罢进士议论，而试诗、赋"之文，以大和为元和，以复试诗、赋为始专试诗、赋。《选举志》所载，原来就不正确，杭氏不加订正，又复错上加错，未免失之粗疏。

显庆四年（659）进士试《关内父老迎驾表》《贡士箴》，玄宗开元十一年（723）试《黄龙颂》，开元十四年（726）试《考功箴》，开元二十六年（738）试《拟孔融〈荐祢衡表〉》等例，及《旧唐书·玄宗纪》，天宝十三载（754）条所载：

> 上御勤政楼，试四科制举人，策外加试诗、赋各一首。制举加诗、赋，自此始也。

可知进士科举加试文词，早在永隆二年（681）以前即偶有之，而刘思立的奏请，则使它进一步地制度化了。又经过几十年的演变，才由任试包括诗、赋在内的各体杂文，逐渐转为只试诗、赋，[①]而且还影响到制科也加进了这一新的考试项目。这都证明上引徐松的话是正确的。《登科记考》卷十一，建中二年条按语又云：

> 次年进士试《学官箴》，是罢诗、赋自三年始。第不知复于何年用诗、赋。考《文苑英华》载贞元四年试《曲

① 前举吕思勉书认为早期所谓杂文不包括诗、赋在内，不合事实，观《登科记考》所载历年试题自明。

江亭望慈恩寺杏园花发》诗，大约贞元之初，即复旧制。故大和间礼部奏言“国初以来试诗、赋，中间或暂改更，旋即仍旧”是也。

这也比赵翼据《新唐书·选举志》所说曾罢诗、赋五十余年更为合于事实。弄清楚这些细节对研究行卷问题是很重要的。因为最初杂文所包者广，这才使行卷之文也可相应地具备众体，逐渐发展到古诗、律诗、词赋、骈文、散文、小说等无所不有。在不成文地规定杂文只试诗、赋后，由于行卷之文可备众体已经形成一个传统，也就没有因考试内容的更动而有改变。同时，因为从7世纪80年代开始，在进士科举的考试项目中增加了杂文（在8世纪中叶以来则专试诗、赋）后，进士考试就始终以文词为中心内容，几乎没有中断过，因而举子们用以表现自己文学才能的行卷之风也没有中断过，直到宋初为止。这都显示了行卷这种风尚和考试内容的关系十分密切。

文词在进士科考试中是后来增加的项目，可是它很迅速地就压倒了试策和帖经，而成了最重要的即决定去取的部分。杜佑《通典》卷十七载赵匡《举选议》云：

进士者，时共羡之。主司褒贬，实在诗、赋，务求巧丽，以此为贤。

就是指的这种情形。正由于此，所以进士科后来也称为词科。事实上，考试既以文词为主，以测验记诵之学为目的的帖经已经变成可有可无，于是在天宝初年，就出现了“作诗赎帖”的通融办法。赵贞信校注本封演《封氏闻见记》卷三，《贡举》门：

……举司帖经，多有聱牙、孤绝、倒拔、筑注之目，文士多于经不精，至有白首举场者，故进士以帖经为大厄。天宝初，达奚珣、李岩相次知贡举，进士文名高而帖落者，时或试诗放过，谓之赎帖。

《太平广记》卷一百七十九，《阎济美》条载温庭筠《乾膜子》云：

（阎济美）具前白主司曰：“某早留心章句，不工帖书，必恐不及格。”主司曰：“可不知礼闱故事，亦许诗赎。”……某又遽前白主司曰：“侍郎开奖劝之路，许作诗赎帖，未见题出。”主司曰：“赋《天津桥望洛城残雪》诗。”

前者记叙赎帖所由起，后者则是晚唐的一个实例。这说明了，早在玄宗时代，进士取舍就以文词为主，更不用说其后变本加厉的种种情况了。

总之，由于进士科出路比其他科目都好，所以竞争就特别激烈；由于进士科考试重在文词，其录取又要采平日誉望作为重要参考，所以举子们用来表现自己的创作水平乃至于见识和抱负的行卷，就特别重要。在一般情况下，举子们没有不努力提高自己的文学修养，以期写出较好的作品，并用它们来行卷，从而打动当世显人的心的。这样，行卷的风尚在客观上就不能不对唐代的文学发展起着较广泛和较长远的推动作用。

今传行卷故事见于唐人小说、杂记的，绝大多数出于中、晚唐。但这种风尚的兴起则必然在永隆二年进士加试杂文成为制度以后，安史之乱以前。薛用弱《集异记》所叙王维借岐王的力量行卷于公主事，显然不足据信，[①]但这种依托，却不失为唐人认为行卷之风出现较早的旁证。

行卷这一风尚的由来，大概如此。

---

① 如赵殿成《右丞年谱》及陈贻焮《王维生平事迹初探》（《文学遗产》增刊六辑），对此都存而不论，汪辟疆先生校录《唐人小说》下卷所载《集异记》，《王维》条按语论此事也说："薛氏此文，或即摭拾传闻，不定根于事实。"

三　行卷之风的具体内容

社会风尚总是在较长时期中形成，并且逐渐使其自身具备丰富而具体的内容的，在唐代进士科举制度之下所形成的种种风尚也不在例外。由于这种种风尚内容所具有的丰富性与具体性，甚至在当时就使人感到有必要写一部专书来加以介绍，为初次赴举的人提供一些方便。《新唐书·艺文志》卷三及《宋史·艺文志》卷七都在子部小说家类著录了卢光启所撰《初举子》，就是这样一部书。孙光宪《北梦琐言》卷四记其写作缘起云：

卢相光启，先人服刑。尔后弟兄修饰赴举，因谓亲知曰："此乃开荒也。"然其立性周谨，进取多途，著《初举子》一卷，即进取诸事。皆此类也。

《容斋续笔》卷十三，《贻子录》条则据五代时佚名所著《贻子录》中的《修进》一章，对这部早已亡佚的书的内容有简略的介绍：

> 咸通年中，卢子期著《初举子》一卷，细大无遗。就试三场，避国讳、宰相讳、主文讳。士人家小子弟忌用熨斗时把帛，虑有拽白之嫌。烛下写试无误笔，即题其后云："并无揩、改、涂、乙、注。"如有，即言字数，其下小书名。同年小录，是双只先辈各一人分写。宴上，长少分双只相向而坐。元以东为上，俫以西为首。给、舍、员外、遗、补，多来突宴，东先辈不迁，而西先辈避位。及吏部给春关牒，便称前乡贡进士。

可能是由于南宋时代行卷之风久已不存，洪迈据《修进》章摘录《初举子》的内容时，独没有涉及这一部分。这是很可惜的。但关于行卷的具体情况，散见各书的还有一些，今略加整比，叙述如次。

唐代进士一般是在正月考试，二月放榜。[1]因此投献行卷

① 据《〈登科记考〉叙例》。

多数是在头一年秋天就开始进行。初次到长安（或洛阳）应试的外地举子们，往往事先就做好一些卷轴，随身携带，进京备用。（国学生徒准备应进士科举的，自然一般就在国学西监所在地长安及东监所在地洛阳准备。）如韩愈《昌黎先生集》卷四，《赠崔立之评事》有云：

> 崔侯文章苦捷敏，高浪驾天输不尽。曾从关外来上都，随身卷轴车连轸。朝为百赋犹郁怒，暮作千诗转遒紧。

崔立之是德宗贞元三年（787）进士登第的。此诗所写，可能是他第一次赴试的情况。但由于进士科录取名额很少，每年不过三十人左右，登第非常艰难，一举成名的几乎是绝无仅有，落第的人每年都非常之多。这些人为了争取时间，准备下一次应考，便往往在京城里留下来（其必须回家乡去的，也往往在春季落第还乡之后，又在当年秋天赶回京城来），从事一些活动，其中很主要的一项，就是准备新的行卷。[①]《南部新书》乙卷云：

---

① 关于唐代进士科之贵重、举子及第之不易、落第后之艰难及每年忙于准备新的行卷等各种情况，请参看拙稿《王摩诘〈送綦毋潜落第还乡〉诗跋》，载《古诗考索》。

长安举子，自六月以后，落第者不出京，谓之过夏。多借静坊、庙院及闲宅居住，作新文章，谓之夏课。……七月后，投献新课。……人为语曰："槐花黄，举子忙。"

李肇《国史补》卷下，《叙进士科举》条云：

退而肄业，谓之过夏；执业而出，谓之夏课。

《唐摭言》卷一，《述进士下篇》引《国史补》此文，于"夏课"下注云："亦谓之秋卷。"夏是指其撰卷之时，秋则指其行卷之时。（至于不留京而回乡里的人，其从事于夏课即秋卷之撰作，自然也大略相似。）

投卷的地点，主要是在京城长安，其次则是在偶然也设置考场的东都洛阳。因为它们既是考场所在，也是显宦、名人集中的所在。但也有因为特殊原因而在外地投献行卷的。如张固《幽闲鼓吹》云：

丞相牛公应举，知于頔相之奇俊也，特诣襄阳求知。

阮阅《诗话总龟》前集卷二十五引李颀《古今诗话》云：

邵安石，连州人。高湘侍郎南迁归朝，途经连江，安石以所业投之，遂见知，同至辇下。湘知贡举，安石擢第。

从以上所引《南部新书》及《国史补》中可以知道，行卷以每年更新为正常（这自然也并不排斥在新卷中编入部分旧作）。这种更新，对于举子们创作水平的提高，显然起着促进作用。王谠《唐语林》卷二，《文学》门引刘禹锡所云，就是一个例证：

牛丞相奇章公初为诗，务奇特之语，至有“地瘦草丛短”之句。明年，秋卷成，呈之，乃有“求人气色沮，凭酒意乃伸”。益加能矣。明年乃上第。

这种更新还有利于在创作中吸收新的题材，表示自己对于某些新事物的看法。《国史补》卷中，《晋公祭王义》条云：

裴晋公为盗所伤刺，隶人王义扞刃死之。公乃自为文以祭，厚给其妻子。是岁，进士撰《王义传》者，十有二三。

此事亦见《南部新书》戊卷，称“是岁，进士撰《王义传》者三之二”，则为数更多。又《全唐诗》卷五百十一，张祜《〈孟才人叹〉序》，述才人殉情事后，续云：

进士高璩登第年宴，传于禁伶。明年秋，贡士文多以为之目。大中三年，遇高于由拳，哀话于余，聊为兴叹。

这两个事例正好说明了许多举子在撰文行卷时，是重视那些激动人心的新鲜题材的，以这种作品行卷，当然也就比较易于收到引人注目的效果。至如《南部新书》庚卷云：

裴说应举，只行五言诗一卷。至来年秋，复行旧卷。人有讥者。裴曰：“只此十九首苦吟，尚未有人见知，何暇别行卷哉？”咸谓知言。

则可见全行旧卷乃是一种不寻常的举动，容易引起非难，非有待于解释不可了。

行卷所用的纸张、写卷的书法与行款也都有需要注意的地方。李商隐《樊南文集》卷八，《与陶进士书》云：

昨又垂示《东岗记》等数篇，不惟其词彩奥，大不宜为冗慢无势者所窥见，且又厚纸谨字，如贡大诸侯、卿士及前达有文章积学者，何其礼甚厚而所与之甚下耶？

据此可知，进士行卷所用纸张应当厚实，字迹必须端正。又《昌黎先生集》卷十七，《与陈给事书》有云：

并献近所为《复志赋》已下十首为一卷，卷有标轴。《送孟郊序》一首，生纸写，不加装饰，皆有揩字、注字处。急于自解而谢，不能俟更写，阁下取其意而略其礼可也。

廖莹中注引邵博《邵氏闻见录》："唐人有生纸，有熟纸，所谓妍妙辉光者，其法不一。生纸非有丧故不用。退之云，《送孟郊序》用生纸，急于自解不暇择耳。"韩愈以贞元八年（792）登进士第，这封信写于贞元十九年（803），[①]所以并非进士求知之作，但文中所叙及的一些风尚，如卷子应有标轴，应加装饰，不应用生纸，不应揩、注，我们可以想象得

① 陈给事，指陈京。据《四部丛刊》本韩集，《与陈给事书》题下樊汝霖注云："（贞元）十九年，京迁给事中。"考韩愈在本年冬即贬阳山，是此书只能作于贞元十九年陈迁给事中以后，韩贬阳山以前。

到，也正是进士行卷时所应当遵守的。《学津讨原》本宋程大昌《演繁露》卷七，《唐人行卷》条云：

> 唐人举进士必行卷者，为缄轴录其所著文以献主司也。[①] 其式见李义山集《〈新书〉序》（卷七），曰：治纸工率一幅以墨为边准（今俗呼解行也），用十六行式（言一幅解为墨边十六行也），率一行不过十一字（此式至本朝不用）。

这是9世纪中叶的记载，可见行卷的行款，到后来也有一定的规格了。

关于对每一个人每一次应当投献多少卷轴，每卷应当包括多少内容，是没有一定的。陈鹄《西塘集耆旧续闻》卷八云：

> 后唐明宗公卿大僚皆唐室旧儒，其时进士贽见前辈，各以所业，只投一卷至两卷，但于诗、赋、歌篇、古调之中，

---

① 唐代进士行卷，有向礼部衙门投纳省卷（公卷）及向当世显人投献行卷两种，已详前。行卷之称，自然也可包括投纳省卷在内。但《演繁露》此处解释行卷，只提及献给主司的省卷，而没有提到更重要的献给显人的行卷，是不够确切的。

取其最精者投之。行两卷者号曰两行，谓之多矣。故桑魏公只行五首赋，李相愚只行五首诗，便取大名，以至大位，岂必以多为贵哉？

这里所述的虽是五代故事，其风尚则是唐代的延长。（前举《南部新书》载裴说只行五言诗十九首一卷，可证。）而《唐摭言》卷十二，《自负》门则有当时有人行卷以多为贵因而受到嘲弄的记载：

薛保逊好行巨编，自号金刚杵。大和中，贡士不下千余人。公卿之门，卷轴填委，率为阍媪脂烛之费。因之平易者曰："若薛保逊卷，即所得倍于常也。"

这些记录都说明了行卷的轴数及文字的篇数多少虽可任意，但却贵精而不贵多。如皮日休以《皮子文薮》十卷二百篇作为行卷，杜牧曾行诗一卷，有一百五十篇，[①]在当时恐怕也要算得多的了。

---

① 今传《皮子文薮》为行卷之文，是萧涤非先生首先注意到的，见其校本《文薮》的《前言》。杜牧献诗数字，见《樊川文集》卷十六《献诗启》。

这种闱外活动的目的既在于引起别人对自己文才的重视，而竞争的对手有时又多至千人，“公卿之门，卷轴填委”，要使作品受到赏识，是不大容易的。针对着这种情况，举子们便在编辑行卷时，特别注意第一篇的安排，把自己（或者别人）认为最好的、最容易引人注目的作品放在最前面，使人展开卷轴立即可以看到，称为卷首。如《北梦琐言》卷七载陈咏逸事：

> 其诗卷首有一对语云：“隔岸水牛浮鼻渡，傍溪沙鸟点头行。”京兆杜光庭先生谓曰：“先辈佳句甚多，何必以此为卷首？”颍川曰：“曾为朝贵见赏，所以刻于首章。”[①]都是假誉求售使然也。

就是行卷者有意识地安排卷首的一个例子。卷首的安排是否妥当，对行卷的效果是有影响的。《幽闲鼓吹》云：

---

① “刻”，当是“列”之误字。虽然雕版印刷技术在8世纪中叶之前已经发明（见美国富善《关于一件新发现的最早印刷品的初步报告》及胡道静注文，载《书林》，1980年3期），但在整个唐代尚未普遍使用，而且行卷必须写得规矩（所谓“谨字”），无论就物质条件或贽谒礼仪来说，都没有用刻本的卷子去向显人投献的可能。中华书局重排《云自在龛丛书》本失校。

白尚书应举，初至京，以诗谒顾著作。顾睹姓名，熟视白公曰："米价方贵，'居'亦弗'易'。"乃披卷。首篇曰："咸阳原上草，一岁一枯荣。野火烧不尽，春风吹又生。"即嗟赏曰："道得个语，'居'即'易'矣。"因为之延誉，声名大振。

《国史补》卷上，《崔颢见李邕》条云：

崔颢有美名，李邕欲一见，开馆待之。及颢至，献文，首章曰："十五嫁王昌。"邕叱起曰："小子无礼！"乃不接之。

白居易这首题为《赋得古原草送别》的诗，头四句恰如其分地表现了自己生气蓬勃、不畏困难、坚持进取的心情，因而顾况一看就改变了他最初对于这个青年人多少有些轻视和嘲弄的态度。至于崔颢，他尽管有些可作行卷首篇的较好作品，可惜错选了那首卖弄风情、出词轻薄的《王家少妇》，[①]就引起了李

① 《王家少妇》全文如下："十五嫁王昌，盈盈入画堂。自矜年最少，复倚婿为郎。舞爱《前溪》绿，歌怜《子夜》长。闲来斗百草，度日不成妆。"见《全唐诗》卷一百三十。

邕的不满。这些逸事，正说明了举子行卷非特别注重卷首的安排不可。

前引《初举子》曾载举子试卷中一律要避国讳、宰相讳、主文讳，而对于每个人来说，还得要避自己的家讳。《南部新书》丙卷云：

> 凡进士入试，遇题目有家讳（谓之文字不便），即托疾，下将息状来出，云："牒某忽患心痛，请出试院将息，谨牒如的。"

可以推想，在行卷中，国讳、宰相讳、主文讳和家讳也都是要避的，而且，还得再加上一条，即避投献行卷的对象，也就是某一位显人的家讳。辛文房《唐才子传》卷十，《褚载》条：

> 文德中，刘子长出镇浙西，行次江西。时陆威侍郎犹为郎吏，亦寓于此。载缄二轴投谒，误以子长之卷画贽于威。威览之，连见数字触家讳。威矍然，载错愕，白以大误，寻谢以长笺，略曰："曹兴之图画虽精，终惭误笔；殷浩之兢

持太过，翻达空函。”[1]威激赏而终不能引拔，竟流落而卒。

可见这一从六朝以来就形成了的与人交际应避其家讳的风尚，在行卷时也是必须恪守的。如其不慎而触犯了它，便要产生严重的后果。

《太平广记》卷一百五十五，《李固言》条载《蒲录记传》云：

> ……元和七年，许孟容以兵部侍郎知举。固言访中表间人在场屋之近事者，问以求知游谒之所。（未详姓氏）斯人且以固言文章甚有声称，必取甲科，因绐之曰：“吾子须首谒主文，仍要求见。”固言不知其误之，则以所业径谒孟容。孟容见其著述甚丽，乃密令从者延之，谓曰：“举人不合相见，必有嫉才者。”使诘之。固言遂以实对。孟容许第固言于榜首，而落其教者姓名，乃遣秘焉。[2]

这条资料说明，举子是不可以私下向主试官直接行卷的（向礼

① 以上亦见《唐摭言》卷十一，《恶分疏》门。

② 《旧唐书·许孟容传》：“（元和）四年，拜京兆尹，……改兵部侍郎，俄以本官权知贡举，颇抑浮华，选择才艺。”可与此条所载故事互证。

部衙门公开投纳省卷当然不在此限），而是必须通过显人的推荐，才能使主司注意他以至于录取他。向显人们行卷虽无限制，可是政治局势和文章风会却是有变迁的，这就使得举子们必须注意选择对象，行卷于那些在社会上、政治上、文坛上有地位、有权势，的确可以帮助自己及第成名的人。刘崇远《金华子杂编》卷上云：

崔起居雍，甲族之子，少高令闻，举进士，擢第之后，蔼然清名闻于时，与郑颢同为流品所重。举子公车得游历其门馆者，则登第必然矣。时人相语为崔、郑世界。虽古之龙门，莫之加也。

又佚名《玉泉子》云：

李德裕以己非由科第，恒嫉进士举者。及居相位，权要束手。德裕尝为藩府从事日，同院李评事以词科进，适与德裕官同。时有举子投文轴，误与德裕。举子既误，复请之曰："其文轴当与及第李评事，非与公也。"由是，德裕志在排斥。

这两件事，都可以看出行卷必须郑重选择对象。崔雍既尝与郑颢通榜，则行卷于崔，及第的机会自然较多。李德裕既非进士词科集团中的人物，和知贡举的人因缘较少，就比较难以向主司推荐，那位举子因而也就不愿意向他投卷了。《北梦琐言》卷三云：

唐李固言，生于凤翔庄墅，雅性长厚，未习参谒。始应进士举，舍于亲表柳氏京第。诸柳昆仲率多戏谑，以相国不谙人事，俾习趋揖之仪。俟其磬折，密于乌巾上帖文字云："此处有屋僦赁。"相国不觉。及出，朝士见而笑之。许孟容守常侍，朝中鄙此官，号曰"貂却"，[①]固不能为人延誉也。相国始以所业求知，谋于诸柳。诸柳与导行卷去处。先令投谒许常侍。相国果诣骑省。高阳公惭谢曰："某官绪极闲冷，不足发君子声采。"虽然，已藏之于心。又睹乌巾上文字，知其朴质。无何，来年许公知礼闱，李

① 按："貂却"二字无义，"却"当是"脚"之坏字。《粤雅堂丛书》本《南部新书》辛卷云："开元以后鄙常侍，拜此官者，朝中谓之貂脚也。"（《学津讨原》本《南部新书》亦误作貂却）可证。《容斋四笔》卷十五，《官称别名》条云："唐人好以它名标榜官称，……侍中为大貂，散骑常侍为小貂。"或者当时侍中亦称貂头，故常侍亦称貂脚。

相国居状头及第。是知诸柳之戏谑，足致陇西之速遇也。

这个故事很可能是前引《蒲录记传》所载故事的传文异辞。它从反面说明了投卷是应当赶热门的。《太平广记》卷一百八十，《牛锡庶》条载《逸史》记牛行卷于萧昕事，所述略同，可以参看。再则行卷对象，不止一人，其投献先后，也有关系。诸柳要李固言首先到冷官许孟容处，也正是一种开玩笑的做法。而计有功《唐诗纪事》卷五十六，《雍陶》条云：

唐诗人最重行卷，陶首篇上裴度，或云耿沣行卷首篇上第五琦，遂指二子为邪正。虽然，方琦未有衅时，上诗亦何足多怪？

则向谁行卷，不只是要考虑那些对象的地位、身份，而且其政治面貌也应当在考虑之列了。《唐摭言》卷十五，《旧话》条载“卷头有眼”之语，原注：“投谒必其地也。”也就是说，行卷必须注意选择对象。

行卷的情态，略见于马端临《文献通考》卷二十九，《选举考》二，《举士》条引江陵项氏之说：

王公大人，巍然于上，以先达自居，不复求士。天下之士，什什伍伍，戴破帽，骑蹇驴，未到门百步，辄下马（？），奉币刺，再拜以谒于典客者，投其所为文，名之曰求知己。如是而不问，则再如前所为者，名之曰温卷。如是而又不问，则有执贽于马前，自赞曰“某人上谒”者。

举子们求知（求知己）亦即行卷、温卷的过程，大致即如项安世所说。他所描绘的举子们那种卑躬屈节的情态，以及王公大人们高高在上的情形，自然比比皆是，但也并非没有凭仗真才实学行卷的举子和怜才爱士的显人，否则，我们也就难以解释唐代进士科举制度何以曾经产生过许多有气节、有学问、有贡献的人物这一历史事实了。[①]对于这一记载可以加以补充的是：第一，行卷以求知己这种手段，对于唐人来说，既用之于登第之前，也用之于登第之后。之前是为了争第（进士登第后复应制科举，或不应进士举而专应制科举者，其行卷求知，也可归入此类），之后是为了求官，故后者可以说是前者的沿用和发展。今传唐人文献，两者并存。当我们研究行卷问题的时

① 对唐代这个封建大帝国有重要贡献的人物，有不少是进士科出身的，略见《樊川文集》卷十二《上宣州高大夫书》。

候，既要加以区别，也要注意到两者目的虽异，手段则同，从而可以利用关于登第后行卷的若干材料，来印证和补充登第前行卷的某些情况，如前举韩愈集中所载行卷忌用生纸书写等事，即其一例。第二，在求知己的时候，由于不一定会被接见，即使被接见了，也未见得能够畅所欲言，所以往往另外准备一封书信，连同行卷一并投献。这封信除了表达自己希望被赏识、提拔的愿望之外，往往还将所献文字，加以扼要的介绍，以唤起对方的注意。如杜牧《樊川文集》卷十六，《上知己文章启》云：

> 某少小好为文章，伏以侍郎，文师也，是敢谨贡七篇，以为视听之污。伏以元和功德，凡人尽当歌咏记叙之，故作《燕将录》；往年吊伐之道，未甚得所，故作《罪言》；自艰难未始，卒伍佣役辈多据兵为天子、诸侯，故作《原十六卫》；诸侯或恃功不识古道，以至于反侧叛乱，故作《与刘司徒书》；处士之名，即古之巢、由、伊、吕辈，近者往往自名之，故作《送薛处士序》；宝历大起宫室，广声色，故作《阿房宫赋》；有庐终南山下，尝有耕田著书志，故作《望故园赋》。虽未能深窥古人，得与揖让笑言，亦或的的分其状貌矣。

这封信写于大和元年（827）杜牧进士登第以后，[1]所以它也并非是用来求举的，但书题仍称某侍郎为知己，其写法与一般应进士科伴随着行卷的上书没有什么不同，仍可推知。（这种介绍也有以行卷的序文的形式出现的，如下文所引皮日休的《〈文薮〉序》。）第三，首次求知，一定要投行卷，这在唐人记载中似乎没有例外，至于其后的温卷，却并非如赵彦卫、项安世之说，非得隔几天再送一次文轴不可。王阐之《渑水燕谈录》卷九云：

> 国初袭唐末士风，举子见先达，先通笺刺，谓之请见；既与之见，他日再投启事，谓之谢见；又数日再投启事，谓之温卷。或先达以书谢，或有称誉，即别裁启事，委曲叙谢，更求一见。

这是沿袭唐末的宋初风尚，礼仪似更繁复。但其言温卷只投启事，则证以柳宗元《河东先生集》卷三十六所载《上权德舆补阙温卷决进退启》，中唐时代就可以如此。此启题为温

① 据缪钺《杜牧之年谱》（《浙江大学文学院集刊》第一、二集，1941年），《罪言》作于大和八年（834），这封信里介绍了这篇文章，那么它最早也只能作于同年，上距杜牧进士及第，已经有七年了。

卷，其中虽然非常详尽宛转地表达了自己求知的愿望，但丝毫没有涉及同时又向权再投一次行卷的事情。《北梦琐言》逸文卷二载：“唐光化中，苏拯……与考功郎中苏璞初叙宗党。……拯既执贽，寻以启事温卷。”所叙情况亦同。由此可知，温卷的作用主要是再度提醒一下受卷的显人，请他对自己加以关心和注意，请其不要忽略了前次的行卷，所以既可以随信再投一次卷，也可以只再上一封信，[①]总之，温卷是行卷的延长，同样是求知己活动的不可缺少的部分，但并非全然是行卷的重复。

最后，谈一下行卷时穿着的服装问题。在我国封建社会里，服装也是用来标志人们社会、政治地位的一种手段。唐人很重视服章，[②]统治阶级的衣服及身上的佩饰的物质、颜色、式样，都依据地位的高下，做出了明文规定。关于这些，史籍所载很详，无须复述。在这种制度之下，还在应举而没有进入仕途的乡贡进士或两监生徒，一般穿的都是白色的粗麻布衣。所以前引《唐摭言》说当时社会上称他们为“一品白衫”“白衣公卿”，“一品”“公卿”，指将来可能达到的地位，白

① 萧涤非先生在《文薮》的《前言》中说：“假如落第，那么第二年就再献，叫作‘温卷’。”其说与今传唐、宋文献所载都不相同，未详所本。

② 参《容斋随笔》卷一，《唐人重服章》条。

衣（衫）则是未及第之前穿来行卷和应考的衣服。在礼部主持的进士考试及第之后，再通过吏部的关试，就可以做官了，所以关试也称为释褐试。也就是说，通过了这场考试，才可以释褐，即把白粗麻布衣脱下来。《北梦琐言》卷三云：

> 唐相国刘公瞻，其先人讳景，本连州人，少为汉南郑司徒掌笺札，因题商山驿侧泉石。荥阳奇之，勉以进修，俾前驿换麻衣，执贽之后，致解荐，擢进士第。
>
> 薛能尚书镇郓州，见举进士者必加礼异。李勋尚书先德为衙前将校，八座方为客司小子弟，亦负文藻，潜慕进修，因舍归田里，未逾岁，服麻衣，执所业子元戎。
>
> 唐郑愚尚书，广州人，雄才奥学，擢进士第，扬历清显，声称烜然，而性本好华，以锦为半臂。崔魏公铉镇荆南，荥阳除广南节制，经过，魏公以常礼延遇。荥阳举进士时，未尝以文章及魏公门。此日，于客次换麻衣，先贽所业。魏公览其卷首，寻已，赏叹至三四，不觉曰："真销得锦半臂也。"

又《唐摭言》卷十二，《设奇沽誉》条云：

咸通中，郑愚自礼部侍郎镇南海，时崔魏公在荆南，愚著锦袄子半臂袖卷谒之，公大奇之。会夜饮更衣，宾从间窃谓公曰："此应是有，惭不称耳。"既而复易之红锦，尤加焕丽，众莫测矣。

刘景和李勋的例子证明，举子行卷，必须着麻衣；而郑愚的例子，虽然两书所载各异（《北梦琐言》是说他虽然爱着锦半臂，但向崔铉行卷时，仍然换了麻衣，而《唐摭言》则说他就穿着锦半臂对崔投卷），但认为按照当时风尚，即使及第多年、官位很高的人，如果要向先达行卷，也仍然应当像没有及第的举子一样穿白麻衣，才合乎礼仪，则是一致的。至于应试时也要穿白麻衣，则《全唐诗》卷五百四十四，刘得仁《陈情上知己》诗："刻骨搜新句，无人悯白衣。"及《唐摭言》卷四，《与恩地旧交》所载刘虚白试杂文日，在帘前献给主考的诗："二十年前此夜中，一般灯烛一般风。不知岁月能多少，犹着麻衣待至公。"可以为证。

凡是举子们行卷及应试时穿过的白麻衣，在他们及第以后，就被还没有考取的举子要去，作为一种吉利的兆头。《唐音癸签》卷十八，《诂笺》三，《进士科故实》条云：

> 《摭言》云："进士及第后知闻，或遇未及第时题名处，则为添前字。"故唐人登第诗有"曾题名处添前字，送出城人乞旧衣"之句。乞衣，亦见张籍诗。[①] 当时下第举子丐利市，猥习可悯笑者。

乞衣这种迷信的举动诚然是"可悯笑"的，但它里面却隐藏着唐代进士科出路特好，竞争激烈这个历史事实。

以上，就是我们今天所能考见的行卷这一风尚的具体内容。

---

① 此处所引《唐摭言》，见卷三《慈恩寺题名游赏赋咏杂记》。"乞旧衣"的"衣"字，《雅雨堂丛书》本及《学津讨原》本《唐摭言》均误作"诗"，系后人不了解唐代风俗而妄改。惟《癸签》及《全唐诗》卷七百九十六所引《唐摭言》为不误。张籍诗，指其《送李馀及第后归蜀》一篇，中有"十年人咏好诗章，今日成名出举场。归去惟将新诰牒，后来争取旧衣裳"诸句，见《全唐诗》卷三百八十五。

四　举子及显人对待行卷的态度及其与文学发展的关系

举子们用怎样的态度去行卷，所谓当世显人又用怎样的态度对待那些投来的作品，对于行卷能否促进文学的发展是有关系的，因而也是我们所应当加以考察的。

就坏的方面说，从唐代进士行卷的逸事中，的确可以发现一些笑话奇谈。如曾慥《类说》卷十一载《芝田录》云：

> 卢君出牧衢州，有一士投贽。公开卷，阅其文十篇，

皆公所制也，密语曰：“非秀才之文。”[1] 对曰：“某苦心夏课，知己不一，非假手也。”公曰：“此某所为文，兼能暗诵否？”客词穷，吐实曰：“得此文，无名姓，不知是员外撰述。”惶惧求去。公曰：“此虽某所制，亦不示人，秀才但有之。”留连厚恤。比去，问其所之，曰：“汴州梁尚书也，是某亲丈人，须住旬日。”公曰：“大梁尚书乃亲表，与君若是内戚，即某与君合是至亲。此说想又妄耳。”其人战灼若无所容。公曰：“不必如此。前时恶文及大梁亲表，一时奉献。”

又《唐诗纪事》卷四十七，《李播》条云：[2]

---

① 秀才在唐代有两种意义。一是常科的一种。《通典》卷十五云：“大唐贡士之法，……其常贡之科有秀才，有明经，有进士。……初，秀才科等第最高。贞观中，有举而不第者，坐其州长，由是废绝。”《封氏闻见记》卷三，《贡举》门云：“初，明经取通两经，先帖文，乃按章疏试墨策十道；秀才试方略策三道；进士试时务策五道。……其后举人惮于方略之科，为秀才者殆绝，而多趋明经、进士。”二是进士的通称。《国史补》卷下，《叙进士科举》条云：“进士为时所尚久矣，…通称谓之秀才。”中唐以来，秀才科久不存在，故一般文献中所称秀才均系指应进士科举的人。赵翼《陔余丛考》卷二十八，《秀才》条谓：“唐时凡举子皆称秀才。”然应明经等常科举及专应制科举的人，都无秀才之称，其说实误，这里是作第二义用，后同。

② 《太平广记》卷二百六十一，《李秀才》条记此事特详，当即《纪事》所本。云出《大唐新语》，但今本刘肃《大唐新语》无其文。

播以郎中典蕲州，有李生携诗谒之。播曰："此吾未第时行卷也。"李曰："顷于京师书肆百钱得此，游江淮间，二十余年矣。欲幸见惠。"播遂与之，因问何往。曰："江陵谒卢尚书。"播曰："公又错也，卢是某亲表。"李惭悚失次，进曰："诚若郎中之言，与荆南表丈，一时乞取。"再拜而出。

这两个记载也可能是一事而传闻异辞，不过如后者所述，则那个文偷公脸皮显得更厚一些而已。这些文献还告诉了我们另外一个事实，即行卷以求知己，虽然主要是为了成名，但其末流也有借此打抽丰（打秋风）即敛财的。举进士而及第，自然有比较好的前途；但累试不第，乃是常事，因而多数人在经济上不免要发生困难。赵匡在《举选议》中就曾经谈到"羁旅往来，縻费实甚，非唯妨阙正业，盖亦隳其旧产，未及数举，索然已空"的情况，认为是进士科举十弊之一。由于这种情况具有相当的普遍性，所以举子们行卷的时候，一方面固然希望对方在功名上予以提拔，另一方面也希望对方在经济上予以资助；而显人们在这两方面都加以考虑和酬应，就往往成为不可避免的了。《幽闲鼓吹》云：

丞相牛公应举，知于頔相之奇俊也，特诣襄阳求知。住数月，两见，以海客遇之，牛公怒而去。去后，忽召客将问曰："累日前有牛秀才，发未？"曰："已去。""何以赠之？"曰："与之五百。""受之乎？"曰："掷之于庭而去。"于公大恨，谓宾佐曰："某盖事繁有阙违者。"立命小将赍绢五百、书一函，追之，曰："未出界，即领来；如已出界，即送书信。"小将于界外追及。牛公不启封，揖回。

牛僧孺这种傲兀不屑的态度，在当时大概是很突出的，因而被人当作美谈；反过来，正证明一般被视为海客的举子们，只要打发五百钱，便也够了。但是，不论窃他人之文行卷，或以自己之文行卷，如其用意在于获得举粮，即经济上的施舍，那么，和行卷这种风尚最初形成时所具有的意义和作用，距离就已相当辽远。《唐音癸签》卷二十六，《谈丛》二云：

唐士子应举，多遍谒藩镇、州郡丐脂润，至受厌薄不辞。……至所干投行卷，半属谫词，概出赝剿，若小说所称"百钱买自书铺"，"并荆南表丈一时乞取"者，真堪令人捧腹。

唐代应进士科举的士子们当中，是夹杂着一些文偷、文丐的。对于那样一些人来说，胡震亨的谴责不算过分。

其次，在行卷中标新立异，引人注意，大概是当时举子们所共同努力、希望达到的目标。但是，文学作品，无论就主题、题材、语言、风格哪一方面来说，标新立异都是，而且也只能是一种手段，一种为作者的思想、感情服务的手段。新与异，是不能脱离作者对客观事物的理解、感受和反应而产生的。如果不能站在正确或比较正确的立场上去关心和注意社会生活、自然现象，而一味地为新与异而去追求新与异，结果就必然要丧失掉好作品所必须具备的思想性，同时也必然会丧失掉好作品所同样不可或缺的艺术性了。因为，如我们所熟知，思想性乃是真正的艺术性这一概念中的必要因素。唐代某些举子正由于对这个根本问题的认识和实践都具有很大的片面性，所以其行卷便也为后人提供了一些悲剧性的笑柄。《北梦琐言》卷七云：

> 唐卢延让业诗，二十五举，方登一第。卷中有句云："狐冲官道过，狗触店门开。"租庸张濬亲见此事，每称赏之。又有"饿猫临鼠穴，馋犬舐鱼砧"之句，为成中令汭见赏。又有"栗爆烧毡破，猫跳触鼎翻"句，为王先主

建所赏。尝谓人曰："平生投谒公卿，不意得力于猫儿、狗子也。"人闻而笑之。

又同书卷十云：

唐咸通中，前进士李昌符有诗名，久不登第。常岁卷轴，怠于装修，因出一奇，乃作《婢仆诗》五十首，于公卿间行之。有诗云："春娘爱上酒家楼，不怕归迟总不留。推道那家娘子卧，且留教住待梳头。"又云："不论秋菊与春花，个个能噇空肚茶。无事莫教频入库，一名闲物要些些。"诸篇皆中婢仆之讳。浃旬，京城盛传其诗篇，为奶妪辈怪骂腾沸，尽要掴其面。是年登第。

这样一些作品，显然是作者"失体成怪""逐奇失正"[①]的结果。它们既有人写作，也有人欣赏，又正说明了那些人思想感情的空虚和庸俗。范文澜《中国通史简编》第三编第二章第七节《晚唐的政治》曾将这类作品作为当时科举"风气极坏"的证据，是正确的。

① 借用《文心雕龙·定势篇》语。

像以上所揭示的进士们行卷时的种种态度，当然不可能对文学的发展有任何积极的推动作用。所幸的是，在那个历史时代里，多数的举子并不是像卢、李二人那种依靠描写猫狗，嘲弄婢仆来标新立异、哗众取宠的“诗”人，其中也尽有以严肃的态度从事写作，试图在作品中表达自己进步的政治、社会观点，体现较高的艺术水平，并且就用这样一些作品去行卷求知的。前面提到过的皮日休所著《文薮》，就是一个很典型的例子。在《〈文薮〉序》中，这位曾经参加过黄巢起义军的作家，对这部集子做了如下的自我介绍：

咸通丙戌中，日休射策不上第，退归州东别墅，编次其文，复将贡于有司。发箧丛萃，繁如薮泽，因名其书曰《文薮》焉。比见元次山纳《文编》于有司，侍郎杨公浚见《文编》，叹曰：“上第，污元子耳。”斯文也，不敢希杨公之叹，希当时作者一知耳。赋者，古诗之流也。伤前王太佚，作《忧赋》；虑民道难济，作《河桥赋》；念下情不达，作《霍山赋》；悯寒士道壅，作《桃花赋》。《离骚》者，文之菁英者，伤于宏奥，今也不显《离骚》，作《九讽》。文贵穷理，理贵原情，作《十原》。太乐既亡，至音不嗣，作《补〈周礼·九夏歌〉》。两汉庸儒，贱我《左氏》，

> 作《〈春秋〉决疑》。其余碑、铭、赞、颂、论、议、书、序，皆上剥远非，下补近失，非空言也。……古风诗，编之文末，俾视之，粗俊于口也。亦由食鱼遇鲭，持肉偶臇。《皮子世录》，著之于后，亦《太史公自序》之意也。凡二百篇，为十卷，览者无诮焉。

关于《文薮》的思想价值和艺术价值，当代学者们所写专文及文学史已经有所论列，近在耳目，因此这里无须重复。我们应当注意的是，如序文中所明白表示的，皮日休并没有为了迎合当时的黑暗政治而写一些风花雪月和离奇古怪的诗文，用来行卷，以求及第；反之，他却是利用行卷这一方式来宣传自己所持有的进步观点，抨击其所不满和反对的种种不合理的社会现实。另一个同样具备典型性的例子是罗隐的《谗书》，其自序云：

> 《谗书》者何？江东罗生所著之书也。生少时，自道有言语，及来京师七年，寒饥相接，殆不似寻常人。丁亥年春正月，取其所为书，诋之曰："他人用是以为荣，而予用是以为辱；他人用是以富贵，而予用是以困穷。苟如是，予之书乃自谗耳。"目曰《谗书》。卷轴无多少，编次无前后，有可以谗者，则谗之，亦多言之一派也。而今而后，

有诮予以哗自矜者，则对曰："不能学扬子云寂寞以诳人。"

陈鸿墀《全唐文纪事》卷一百十八载此文，加按语云：

> 隐集内所上书启，尝以《谗书》上郑尚书，上蕲州裴员外，上太常房博士，上秘监韦尚书，可谓汲汲于遇合矣。唐世士子，温卷求知，即贤者不免如是。

陈氏只注意到了罗隐也和其他举子一样地向许多显人行卷，却没有注意到他是用怎样的一种作品去行卷，更没有注意到序文中所说的，由于用《谗书》这样的作品去行卷，已经招致了"辱"和"困穷"的后果，可是这位作家仍然坚持"有可以谗者，则谗之"的不屈不挠的斗争精神。因此，陈氏当然也就不能对这一事实做出公平的评价，而有"贤者不免"之叹了。应当知道，罗隐十年不第，正是他以《谗书》这种使当时统治阶级，特别是当权者感到头痛的文章行卷所造成的。在他已活到七十六岁高龄的时候，另一位诗人罗衮曾写诗送他说："平日时风好涕流，《谗书》虽盛一名休。"[①]倒是一语破的地说

① 据汪德振《罗隐年谱》。

出了事情的真相。鲁迅在《小品文的危机》[①]一文中曾经指出：

> 唐末诗风衰落，而小品放了光辉。但罗隐的《谗书》，几乎全部是抗争和愤激之谈；皮日休和陆龟蒙自以为隐士，别人也称之为隐士，而看他们在《皮子文薮》和《笠泽丛书》中的小品文，并没有忘记天下，正是一榻胡涂的泥塘里的光彩和锋镳。

被鲁迅先生誉为“泥塘里的光彩和锋镳”的三部著作，就有两部可以确定是曾经用来行卷的。这就证明了一个事实：在唐代某些作家的手中，行卷不只是猎取功名富贵的敲门砖，同时也是一种公然宣传自己的进步思想、发抒自己健康感情的手段，同时也就是向反动势力、黑暗社会进行合法斗争的武器。当然，这样一来，这个猎取功名富贵的工具有时就不免反而成为自己所设置的通向功名富贵的道路上的障碍物了。

除了像这样一些在思想水平方面显得很突出的少数例子之外，唐代进士以具有较高的艺术水平的作品从事行卷的，为数就更多。这些作品，往往也采取了标新立异以引人注意的手

① 载《南腔北调集》。

段，但因为其手段是遵循着而不是违反着艺术的法则而使用的，其所表现的新和异便也成为一种使读者感到喜悦的收获了。这里不妨举一个例子。张籍《送海客归旧岛》云：

海上去应远，蛮家云岛孤。竹船来桂府，山市卖鱼须。入国自献宝，逢人多赠珠。却归春洞口，斩象祭天吴。

方回《瀛奎律髓》卷四，风土类选了这首诗，并加评语云：

唐以诗、赋试进士，先以诗为行卷。如此等语，或本无其人，姑为是题，以写殊异之景，故皆新怪可观，如送流人、寄边将之类，皆是也。

我们就《张司业集》加以考究，的确如方回所说，这类以异地风光及流人、边将为主题的诗篇，在集中占了一定的数量，而且有的还写得很沉挚动人。这种现象，不仅是出现在张集里，也出现在与之同时齐名的王建的诗集里。宋代所保存的有关唐朝进士科举的文物与史料，远较今日为丰富；宋人对于其时行卷这种风尚，自然也远较我们所知为多（这一点，下文还要谈到），因而方回认为这类诗篇，乃是故为新异、用以行卷求知之作，应当是可信的。至于它们之所以“可观”，则是由于在那个时代的现实生活里，中国与南海的交通相当发达，人们对那些异域风土虽非完全陌生，却又并不那么熟悉，所以这些即使并非是依据诗人们直接生活体验而写出来的作品，其中具有的浪漫情调、地方色彩，也还是很有吸引力的。大家也对之采取了欢迎的态度。而统治阶级内部斗争（它有时也反映了人民与统治阶级的斗争）及边疆地区民族冲突的频繁，又必然会经常有人获罪流放和带兵出征，这也就是以送流人、寄边将为题的作品的社会基础。因此，这一类作品，虽然也是用来行卷的，而且往往是“新怪”的，可是它们并非完全脱离现实，以致陷于空洞无物，荒诞无稽。就艺术角度看，其中有些也不失为好诗。如李怀民《重订中晚唐诗主客图》卷上曾选录张籍的《送蛮客》《送南迁客》《送南客》《岭外逢故人》[①]《送海客归旧岛》《送新罗使》《赠海东僧》《送流人》《没蕃故人》《征西将》《送防秋将》《老将》《渔阳将》《送边使》《出塞》《送安西将》等，王建的《南中》《送流人》《送人游塞上》《塞上逢故人》《塞上》等；又王士禛《唐人

① 据卞孝萱《张籍简谱》（《安徽史学通讯》1959年第四、五期合刊），诗人平生不曾到过岭外，也足证此类诗篇之出于拟作。

万首绝句选》卷五曾选录张籍的《送蜀客》《蛮中》《蛮州》等，都是这类作品比较出色、受到后代选家一定程度的重视的证据。这些作品的思想性显然不特别强，但由于诗人们写作的态度是严肃的，并且达到一定的"可观"的艺术水平，因而它们虽然未必能像《文薮》和《谗书》那样能够使祖国文学史增加耀眼的光辉，可也不是对于构成唐代诗歌的丰富多彩毫无补益。

因此，我们可以说，行卷对于文学发展有无促进作用，就举子们这方面说，要取决于他们的写作态度是否严肃，作品是否能够在客观上达到一定的思想水平和艺术水平。这也就是说，要针对具体的人和作品，加以具体分析，不能一概而论。

再就当世显人这方面说，他们如何对待举子们行卷也很重要，如果能够认真地提携后进，选拔真才，那么，就会给文学的发展带来好处；反之，自然也无从产生有益的后果。

唐代那些在社会上、政治上、文坛上有地位的人，对待举子们行卷的态度，同样是形形色色的。《唐摭言》卷十二，《轻佻》门云：

（郑）光业弟兄共有一巨皮箱，凡同人投献，辞有可嗤者，即投其中，号曰"苦海"。昆季或从容用资谐戏，即命二仆舁“苦海”于前，人阅一编，靡不极欢而罢。

这个苦海里当然会有些写猫儿、狗子之类的可笑作品，但多数恐怕还是一些仅仅是幼稚朴拙、质量低劣的诗文，将它们不加区别地一概作为笑料，甚至对投献来的行卷连看也不看，就任凭看门的女仆拿去当废纸卖掉赚钱，如前引同书所载，都显然不是在高位的人所应有的谨重严肃的态度。一方面，有这种取笑举子的显人；另一方面，自然也就有鄙视显人的举子。李商隐《与陶进士书》云：

已而被乡曲所荐，入求京师，又亦思前辈达者固已有是人矣，有则吾将依之。系鞋出门，寂寞往返其间，数年，卒无所得，私怪之。而比有相亲者曰：“子之书，宜贡于某氏，某氏可以为子之依归矣。”即走往贡之，出其书，乃复有置之而不暇读者，又有默而视之不暇朗读者，又有始朗读而中有失字坏句不见本义者。进不敢问，退不能解，默默已已，不复咨叹。故自大和七年后，虽尚应举，除吉凶书及人凭倩作笺、启、铭、表之外，不复作文。文尚不复作，况复能学人行卷耶？

冯浩《〈樊南文集〉详注》曾说作家那一段形容受卷者的话“讥诮太毒”。但如果真正遇上了这种人，无论行卷文字作得多么好，也不会受到欣赏，是肯定的。像这样一些以嘲笑举子行卷为乐的人以及对文学并无所知的人，虽然由于其本身社会地位较高，而招致了某些进士向之投卷，他们却不可能对于呈献来的作品加以正确的评论与推荐，从而使得真正有才能的作者获得在当时应有的声名和前途，并鼓励其继此以后创作出更多更好的作品来。

但是，也有许多居高位的人，特别是文坛上的前辈，是爱才的，愿意提拔新生力量的。他们一旦发现了优秀的行卷，便不遗余力地加以推荐。这种事例也不少。《金华子杂编》卷下云：

> 中朝盛时，名重之贤，指顾即能置人羽翼。朱庆馀之赴举也，张水部一为其发卷于司文，遂登第也。

《唐诗纪事》卷四十六，《朱庆馀》条对此事记载更详：

> 庆馀遇水部郎中张籍知音，索庆馀新旧篇什，留二十六章，置之怀袖而推赞之。时人以籍重名，皆缮录讽咏，

遂登科。庆馀作《闺意》一篇以献曰："洞房昨夜停红烛，待晓堂前拜舅姑。妆罢低声问夫婿，画眉深浅入时无？"籍酬之曰："越女新妆出镜心，自知明艳更沉吟。齐纨未足人间贵，一曲菱歌敌万金。"由是朱之诗名流于海内矣。

又《南部新书》甲卷云：

项斯始未为闻人，因以卷谒江西杨敬之。杨甚爱之，赠诗云："几度见诗诗总好，及观标格过于诗。平生不解藏人善，到处逢人说项斯。"未几，诗达长安，斯明年登上第。

据席启寓《百家唐诗》本《项斯诗集》所载张洎写的序文，这位后起之秀也和朱庆馀一样为张籍所赏识，所以郑薰赋诗，有"项斯逢水部，谁道不关情"之句。此外，在唐代一些著名作家的文集中，还保存得有答复行卷举子的信件，这些信件一般是用鼓励、勖勉的语气来写的。如《河东先生集》卷三十三，《答贡士沈起书》云：

得所来问，志气盈牍，博我以风、赋、比、兴之旨；

仆之朴呆专鲁，而当惠施、钟期之位，深自恧也。又览所著文，宏博中正，富我以琳琅珪璧之宝甚厚；仆之狭陋蚩鄙，而膺东阿、昭明之任，又自惧也。乌可取识者欢笑，以为知己羞？进越高视，仆所不敢，然特枉将命，猥承厚贶，岂得固拒雅志，默默而已哉？谨以所示，布露于闻人，罗列乎坐隅，使识者动目，闻者倾耳，几于万一，用以为报也。嗟乎！仆尝病兴寄之作，堙郁于世，辞有枝叶，荡而成风，益用慨然。间岁兴化里萧氏之庐，睹足下《咏怀》五篇，仆乃拊掌惬心，吟玩为娱。告之能者，诚亦响应。今乃有五十篇之赠，其数相什，其功相百，览者叹息，谓予知文。此又足下之赐也。幸甚！幸甚！

这位沈起，不过是唐德宗贞元时代千百个应进士科举的文士之一，从他后来默默无闻看来，也不见得有特别出众的才能。可是，在当时已负盛名的散文家和诗人柳宗元对待这个普通的行卷者，却非常热情，既肯定了他的成绩，又表示愿意对之尽力加以帮助。这自然不能不使许多人闻风兴起。至于像吴武陵之推荐杜牧，那种爱才之心就更其突出。《唐摭言》卷六《公荐》门记其事云：

> 崔郾侍郎既拜命于东都试举人，三署公卿皆祖于长乐传舍。冠盖之盛，罕有加也。时吴武陵任太学博士，策蹇而至。郾闻其来，微讶之，乃离席与言。武陵曰："侍郎以峻德伟望，为明天子选才俊，武陵敢不薄施尘露。向者，偶见太学生十数辈，扬眉抵掌，读一卷文书，就而观之，乃进士杜牧《阿房宫赋》。若其人，真王佐才也。侍郎官重，必恐未暇披览。"于是搢笏朗宣一遍。郾大奇之。武陵曰："请侍郎与状头。"郾曰："已有人。"曰："不得已，即第五人。"郾未遑对。武陵曰："不尔，即请此赋。"郾应声曰："敬依所教。"既即席，白诸公曰："适吴太学以第五人见惠。"或曰："为谁？"曰："杜牧。"众中有以牧不拘细行间之者。郾曰："已许吴君矣。牧虽屠沽，不能易也。"

《樊川文集》卷十三，《投知己书》曾说："大和二年，小生应进士举。[①]当其时，先进之士，以小生行可与进、业可益

① 《杜牧之年谱》，大和元年条："本集卷九，《唐故平卢军节度巡官陇西李府君墓志铭》，牧之自叙云：'大和元年举进士及第。乡贡上都，有司试于东都。'按《旧唐书》卷十七上，《文宗纪》：'大和元年七月，敕今年权于东都置举。'盖大和二年进士科提前于元年秋在东都考试，此于唐制为变例。考试虽在元年，而科名则仍当属二年，故本集卷十三《投知己书》云：'大和二年，小生应进士举。'而《郡斋读书志》亦谓牧之大和二年进士及第也。"

修，喧而誉之、争为知己者，不啻二十人。”吴武陵肯定就是其中的一个。后进之士向先达行卷以求知己，那是常情；至于先达之士争为后进的知己，那就只能算是异数了。

除了揄扬和推荐之外，也还有文坛前辈对呈献来的行卷指出缺点，加以修改的事例。《北梦琐言》卷六云：

> 薛许州能，以诗道为己任，还刘得仁卷有诗云：“百首如一首，卷初如卷终。”讥刘不能变态。

薛能是一位成就并不太高，却又很狂妄的诗人。[①]但就刘得仁流传下来的缺乏变化、比较单调的作品来看，则我们不得不承认他所提的意见是相当正确的，因而对作者是有帮助的。范摅《云溪友议》卷中，《中山诲》条云：

> 襄阳牛相公赴举之秋，……尝投贽于刘补阙禹锡。对客展卷，飞笔涂窜其文，且曰：“必先辈未期至矣。”然拜谢砻砺，终为怏怏乎。历廿余载，刘转汝州，陇西公镇汉南，枉道驻旌旆。信宿，酒酣，直笔以诗喻之。刘公承

① 参《容斋随笔》卷七，《薛能诗》条及《唐才子传》卷七《薛能》条。

诗意，方悟往年改张牛公文卷，因诫子弟咸元、承雍等曰：“吾立成人之志，岂料为非。……汝辈修进守忠为上也。”《席上赠汝州刘中丞》，襄州节度使牛僧孺诗曰：“粉署为郎四十春，今来名辈更无人。休论世上升沉事，且斗尊前见在身。珠玉会应成咳唾，山川犹觉露精神。莫嫌恃酒轻言语，曾把文章谒后尘。”《奉和牛尚书》，汝州刺史刘禹锡：“昔年曾忝汉朝臣，晚岁空余老病身。初见相如成赋日，后为丞相扫门人。追思往事咨嗟久，幸喜清光语笑频。犹有当时旧冠剑，待公三日拂埃尘。”牛公吟和诗，前意稍解，曰：“三日之事，何敢当焉？”（宰相三朝后主印，所以升降百司也。）于是移宴竟夕，方整前驱也。

这个故事的主要部分，即后段两人相遇赋诗赠答部分，颇有舛误，所以有人目之为“瞎说”。[①]但刘禹锡进士及第在贞元九年（793），而牛僧孺则在贞元二十一年，亦即顺宗永贞元年（805）。刘本是牛的前辈，仅就牛行卷于刘，而刘“飞笔涂窜其文”这一点来说，完全是可能的。如果不是过分自负

① 见《唐史余沈》卷三，《牛僧孺枉道过汝》条。参敬堂《关于刘禹锡生平的一些问题》（《山西师范学院学报》1960年第4期）及卞孝萱《刘禹锡年谱》，大和八年条。

的人（如《云溪友议》中所描写的牛僧孺），大概只会对这一能给自己的创作水平的提高带来好处的、虽然不很客气的举动，感激地加以接受。

正因为行卷于人，有时可以得到指点，收到提高自己创作水平的功效，所以偶尔也有举子向举子行卷的事例。一个举子，自己还没有登第，当然也就没有援引别人的可能。可是，如果这个人的创作成就是人们所公认的，那么，行卷于他，就可以在写作方面得到一些帮助，因而也是人所乐为的。《唐摭言》卷五，《切磋》门云：

> 吴融，广明、中和之际，久负屈声，虽未擢科第，同人多贽谒之如先达。有王图，工词赋，投卷凡旬月，融既见之，殊不言图之臧否，但问图曰："更曾得卢休信否？何坚卧不起，惜哉！融所得，不如也。"休，图之中表，长于八韵，向与子华同砚席，晚年抛废，归镜中别墅。

这个故事表明，晚唐著名的诗人吴融便曾经以自己创作上的成就，在还没有进士及第的时候，获得了有人把他当成先达、向他行卷的荣誉。而他却很谦虚，认为自己不如王图的表兄弟卢休，以卢休放弃了应试和王图没有能够得到卢休的指点为可惜。吴融的态度自然也给予了王图以鼓励。

举子向举子行卷，以及前面叙述过的已经及第为官的人有时也向人行卷，乃是举子向显人行卷这一风尚的延伸，而其目的也大致相同或相似。

从以上的历史事实中可以知道，当时还没有成名的举子（也就是作家），通过行卷这种方式，结识了某些爱才而又能文的前辈，经过他们的诱导、鼓励、培养和提拔，有的人既取得了功名，也提高了写作能力，有的人尽管在考场中失败了，可是并不妨碍他们在文学创作方面有所收获。虽然毫无疑问地对于举子们说来，前者才是目的，而后者则不过是为前者服务的手段，但后者在文学发展上所产生的客观效果，是我们研究文学史时所不应当忽视的。

因此，我们同样可以说，行卷对于文学的发展有无促进作用，就当世显人这方面说，要取决于他们如何对待投来的行卷，是热情地通过种种方式帮助那些后进呢，还是对他们采取种种傲慢的鄙视和轻薄的嘲弄的态度。这也同样要做具体分析，不能一概而论。

以严肃认真的态度来行卷的举子和以同样的态度对待投来的行卷的显人，在唐代历朝都有。对于当时文学的发展起了促进作用的，也正是他们。

五　前人论唐代文学与进士科举的关系诸说的得失

前人论到唐代文学与进士科举之间的关系这个问题时，主要是就以诗取士对于诗的成就有无影响这个角度来谈的。严羽《沧浪诗话·诗评》云：

> 或问："唐诗何以胜我朝？"唐以诗取士，故多专门之学，我朝之诗所以不及也。

王嗣奭《管天笔记》外编，《文学》门亦云：

> 唐人以诗取士，故无不工诗。竭一生精力，千奇万怪，何所不有？

王说全同严羽。郭绍虞先生不以严说为然，所著《〈沧浪诗话〉校释》争辩说：

> 案此说亦时人习见之论。李之仪《德循诗律甚佳》诗云："唐人好诗乃风俗，语出工夫各一家。"（《姑溪居士文集》卷七）蔡絛《西清诗话》云："唐人以诗为专门之学。"沧浪此语当本此。但李、蔡二人之说，尚无语病，正可看出唐、宋学术风气之不同。沧浪本此而谓由于以诗取士之故，即不免稍偏。故后人多不主其说。如王世贞《艺苑卮言》云："人谓唐人以诗取士，故诗独工，非也。凡省试诗类鲜佳者，如钱起《湘灵》之诗，亿不得一；李肱《霓裳》之制，万不得一。"杨慎《升庵诗话》云："诗之盛衰，系于人之才与学，不因上之所取也。唐人所取，五言八韵之律。今所传省题诗，多不工。今传世者，非省题诗也。"[①] 钱振锽《摘星说诗》云："天生一种诗人，决不为朝廷取士不取士所累。"斯言得之。

正如王世贞等人对于严羽的看法有些不同的意见一样，我们对

① 按此处所引杨说，见《升庵诗话》卷四，《胡唐论诗》条载胡语。杨云："余深服其言。"故郭先生不复加以分别。

于王世贞等人所持有的论点，也觉得颇有可以商榷的地方。

恩格斯曾经指出："政治、法权、哲学、宗教、文学、艺术等的发展是以经济发展为基础的。但是，它们又都互相影响并影响到经济基础。实际上并不是只有经济状况才是积极的原因，而其余一切都不过是消极的结果。不，这里始终是由在经济必然性基础上发生的交互作用归根到底为自己开拓道路。"[①]进士等科举既然是李唐皇朝为了重新配备统治阶级的内部力量，抵制和排斥魏、晋、南北朝的门阀制度，提拔自己所需要的官员而采取的一种政治措施，而特别贵重的进士科用诗、赋来考试和用各种各样的文章来行卷又是基于这种措施而产生的制度和风尚，那么，它们之间不互相影响是不可能的。既然是以诗取士，诗成了取士的必要手段，则这种手段归根到底也不能不既为应进士举的人开拓道路，也同时为应进士举所必要作的诗本身开拓道路，无论这道路是好的还是坏的。

恩格斯还曾经说过："凡表面上是由偶然性起作用的地方，这种偶然性本身始终是服从于内部的、隐密的法则的。全部问题仅在于要发现这些法则。"[②]一个伟大作家的诞生，一

---

① 《致亨·施塔尔肯堡》，《马克思恩格斯文选》第二卷，第505页。

② 《费尔巴哈与德国古典哲学的终结》，《马克思恩格斯文选》第二卷，第389页。

种文学样式的隆盛，有时似乎是偶然的；然而这些现象却都不能不是在我们所已知或未知的客观历史法则之下的必然产物。因此，钱振锽的“天生一种诗人，……”那种充满唯心主义和形而上学色彩的说法，显然为我们今天所无法接受。杨慎引胡唐说，认为“诗之盛衰，系于人之才与学”。这见解比钱氏高明一些，但他却把个人的才学与整个社会环境割裂开来，好像唐代统治阶级的政治措施，特别是进士科举这种直接影响到每个诗人政治生命的措施，对于他们并无若何关系，而个人的才学竟可以在真空中发展一样，这也是既不符合事实，也不符合历史法则的。王世贞指出了省试诗没有出色的作品，这倒是千真万确的。但这种现象只能证明省试诗给整个唐诗积存了许多糟粕，而完全不能证明以诗取士与唐人工诗没有关系。在这个问题上，王世贞和一切反对严羽论点的人一样，恰恰忽略了一件明摆在眼前的历史事实，即唐人以诗取士的诗，是由两个部分组成的，一篇应考时当场作的省试诗和一卷或多卷绝大多数是经过举子们自己精心创作和编辑的省卷和行卷之作。如果讨论唐人工诗是否与以诗取士有关这个问题，而离开了这一基本事实，那是很难得出正确的结论的。因为这样一来，历史事实既被忽视，历史法则也就随着被掩盖了起来。

文学史实告诉我们，省试诗确实是唐诗中的糟粕，是进士科举制度给唐代文学带来的消极影响。就今存省试诗以及举子们拟作的同类作品看来，其题材和主题主要是颂圣、咏史、写景、赋物之类；而且无论作的是什么题目，都还有一条必须遵守的不成文规则，那就是不许骂题，不许作反面文章。而在形式上，虽然它还没有发展到像明、清时代的八股文那样公式化，却也已经产生了一些清规戒律，如一定要用五言排律，一般只能用六韵，有时还要限韵之类。阮阅《诗话总龟》后集卷三十一载《丹阳集》云：

> 省题诗自成一家，非他诗比也。首韵拘于见题，则易于牵合；中联缚于法律，则易于骈对；非若游戏于烟、云、月、露之形，可以纵横在我者也。王昌龄、钱起、孟浩然、李商隐辈，皆有诗名，至于作省题诗，则疏矣。王昌龄《四时调玉烛》诗云："祥光长赫矣，佳号得温其。"钱起《巨鱼纵大壑》诗云："方快吞舟意，尤殊在藻嬉。"孟浩然《骐骥长鸣》诗云："逐逐怀良驭，萧萧顾乐鸣。"李商隐《桃李无言》诗云："夭桃花正发，秾李蕊方繁。"此等句，儿童无异。以此知省题诗自成一家也。

所谓"自成一家"的标志，即内容上的为文造情和外形上的拘牵程式。这样就基本上排除了省试诗中出现好作品的可能性。就以被王世贞誉为“亿中无一”的钱起《湘灵鼓瑟》而论，在唐诗中，并不是什么杰作，甚至在这位诗人的作品中，也算不上杰作；但由于它是在考场中产生的，在同类作品中便显得很突出，甚至于有人不惜妄造神怪之说，来加以宣扬了。[①]《唐诗纪事》卷二十，《祖咏》条云：

> 有司试《终南山望余雪》诗，咏赋云：“终南阴岭秀，积雪浮云端。林表明霁色，城中增暮寒。”四句，即纳于有司。或诘之，咏曰：“意尽。”

此事又见《南部新书》乙卷。其所以出名，不只是因为祖咏不肯为文造情，将只适宜于用两韵的五绝来表现的内容硬拉长用

① 《旧唐书·钱徽传》：“父起，天宝十年登进士第。起能五言诗。初从乡荐，寄家江湖。尝于客舍月夜独吟，遽闻人吟于庭曰：‘曲终人不见，江上数峰青。’起愕然，摄衣视之，无所见矣。以为鬼怪，而志其一十字。起就试之年，李暐所试《湘灵鼓瑟》诗题中有‘青’字。起即以鬼谣十字为落句。暐深嘉之，称为绝唱，是岁登第。”（《登科记考》卷九云：“李暐当作李麟。”）诗的全文是：“善鼓云和瑟，常闻帝子灵。冯夷空自舞，楚客不堪听。苦调凄金石，清音入杳冥。苍梧来怨慕，白芷动芳馨。流水传潇浦，悲风过洞庭。曲终人不见，江上数峰青。”见《全唐诗》卷二百三十八、鲁迅先生在其《且介亭杂文》二集《题未定草》（七）中，对此诗曾有扼要的分析和恰如其分的评价。

五排去表现，也因为这首小诗中出现了一种对省试诗说来是十分生疏的讽喻，虽然这种讽喻也还是非常委婉的。钱起和祖咏的例子，并不足以证明省试诗中可以出现思想性、艺术性较高的作品，而且恰恰相反，证明了连这种并不十分好的诗都会被人认为是难得的佳作，那么，省试诗的水平之低下，也就可想而知了。

文廷式《纯常子枝语》卷三十九云：

> 今之律赋，唐时盖谓之甲赋。[①] 权德舆《答柳冕书》云："近者，祖习绮靡，过于雕虫。俗谓之甲赋、律诗，俪偶对属。"又舒元舆《论贡举书》云："今之甲赋、律诗，皆是偷折经诰，侮圣人之言。"

这条笔记用意虽在于说明甲赋之即律赋，但所举两证却恰好证明了即使是进士词科集团中人，也并不认为省试诗、赋有什么价值。特别值得注意的是权德舆的意见。他是贞元时代最著

① 周中孚《郑堂札记》卷一："唐人称应试之赋为甲赋，盖因令甲所颁，故有此称，以别于居恒所作古赋。皇甫持正所谓'即为甲赋，不得不作声病文也'"（见《答李生第二书》）。按：末句引文据本集及《唐摭言》卷五，《切磋》门所载此书，当作"既为甲赋矣，不得称不作声病文也。"

名的主司，曾知贡举数次。[1]其言如此，正可见得在他的心目中，那些只讲究“俪偶对属”的甲赋、律诗，是并不能如实地反映举子们的创作水平的，更不用说他们的思想、气度了。李观是当时的古文名家之一，他于贞元八年（792）进士及第。《李元宾文集》卷六载其《帖经日上侍郎书》云：

> 昨者，奉试《明水赋》《新柳》诗。平生也，实非甚尚；是日也，颇亦极思。侍郎果不以嫱夺妍，不以瑕废瑜，获邀福于一时，小子不虚也。而以帖经为本，求以过差去留，观去冬十首之文，不谋于侍郎矣，岂一赋一诗足云乎哉！十首之文，去冬之所献也，有《安边书》《汉祖斩白蛇剑赞》《报弟书》《邠、宁、庆三州飨军记》《谒文宣王庙文》《大夫种碑》《项籍碑》《请修太学书》《吊韩弇没胡中文》等作，上不罔古，下不附今，直以意到为辞，辞讫成章。中最逐情者，有《报弟书》一篇。不知侍郎尝览之耶？未尝览之耶？

① 参两《唐书》权传、《全唐文》卷六百十一杨嗣复《〈权文公集〉序》及《昌黎先生集》卷三十《唐故相权公墓碑》。

如果从权德舆与舒元舆的言论中还只能看出他们对于省试诗、赋的轻视，那么李观这封信就正好补充了他们所没有说出而事实上却是大家所共有的意见，即行卷之作对于了解举子们的文学才能以及其他各方面来说，都远比省试闱中临时凑合的一赋一诗为重要。可见省试诗即使在德宗时代，也就是进士科举极盛的时代，就已经被人认为是“告朔之饩羊”，对于进士及第与否，可能都不发生多大作用了。（前引《唐摭言》记载崔郾当主考，还没有进行考试，就已经内定了状头，在吴武陵的极力推荐下，又事先决定杜牧为第五人，更可见正式考试时的一诗一赋真不过是走过场而已。）[①]这也正是它本身固有的特质，即为文造情与拘牵程式所决定的。因此，我们说，省试诗、赋虽然也是文学在进士科举的影响之下给自己开拓的一条道路，但更应当着重地说，这可是一条走不通的绝路。

至于行卷之作，则是文学在进士科举的影响之下给自己开拓的另一条道路。这条道路，与前者比较起来，基本上是广阔

① 当然，个别进士以在考场中的试卷为主司所赏识，因而及第，也是有的。如《唐摭言》卷五《以其人不称才，试而后惊》门云：“黎逢气貌山野，及第年，初场后至，便于帘前设席。主司异之，诮其生疏，必谓文词称是；专令人伺之，句句来报。初闻云：‘何人徘徊？’曰：‘亦是常言。’既而将及数联，莫不惊叹，遂擢为状元。”便是一个罕见的例子。

的、有前途的。虽然我们今天已经无法完全考出现存唐人诗、文、小说等中有哪一些作品曾经用来行卷，但就所已知的材料来说，除去其中拟作的省试诗、赋以及少数描写猫、狗，嘲弄婢、仆的无聊文字之外，以之和我们所能见到的省试之作相比较，都要好得多。它们好就好在可以较自由地选择题材和主题，可以较自由地发挥自己的社会、政治思想和文艺思想，可以有较富裕的时间来从事艺术构思，可以用较多的篇章、较大的篇幅以及各种各样的文体来充分显示自己的思想、感情、才能和风格。通过行卷这样一种特殊的风尚，来自四面八方的举子们就有可能向某些人直接地显示自己在创作上的成绩，并通过这样一种活动，在一定范围内和某种程度上，同时表达自己所理解的人民对于生活的要求和愿望，以及他们对于统治阶级的不满和批判。而这一些，都是在省试闱中必须严格按照统治阶级的政治观点和美学观点，还必须按照一定的程式去写作，必须在一个晚上的短短的几个时辰之内完卷，又只准依据一定的题目作一赋一诗等重重限制之下，所绝对做不到的。就这些情况来说，行卷之作与省试诗、赋，乃是暂时统一在进士科举这个母体中的对立物。它们之会一分为二，也属势所必至，理有固然。在以上几章中，曾从不同的角度举出过一些行卷文字的篇目，虽然没有对那些作品细加分析和评论，然而其中有些是唐代文学中优秀的和进步的作品则是很清楚的。这也就是行卷之风对于当时文学发展起了推动作用的证据。因此，我们认为：严羽和王嗣奭的说法，其病在于笼统，在于没有明确地指出唐人以诗取士，虽然其中也包括省试之诗，但实际上更重在行卷之诗，尽管从表面上看，省试是国家正式规定的制度，而行卷则不过是一种社会流行的风尚；所以唐人虽因以诗取士而工诗，但其工是由于行卷，而不由于省试。《唐音癸签》卷二十七，《谈丛》三云：

> 唐试士初重策，兼重经，后乃觭重诗、赋。中叶后，人主至亲为披阅，翘足吟咏所撰，叹惜移时。或复微行，谘访名誉，袖纳行卷，予阶缘。士益竞趋名场，殚工韵律。诗之日盛，尤其一大关键。

胡震亨以省试之作与行卷之作相提并论，虽然还不能区分其轻重，但已较严羽所说为密，更不同于王世贞、胡唐、钱振锽等之悍然断定唐诗之盛与以诗取士无关，完全违反了上层建筑之间必然会发生交互作用，并且归根结底要为自己开拓道路这一客观法则。在诸旧说中，恐怕这要算最接近于事实的了。

作为衡量进士应否及第的手段，行卷之作重于省试之作，是它们本身的优劣所决定的，已如上所分析。还有一个必须加以补充的重要事实，则是行卷可以显示每个举子在文学领域内的专长，这也是省试所无法做到的。我国文学具有非常丰富多彩的样式。唐代文体虽然还没有后来那么多，但甲赋、律诗（五排）并不足为其代表，则是无可争辩的事实。正因为这样，以举子而兼作家的唐代知识分子就不能不一方面从事于甲赋、律诗（五排）的练习以应付省试；另一方面，又各自按照自己所擅长的文体从事创作。行卷既在于炫耀文才以求知己，每个人的专长也就很自然地会通过这一渠道表现出来。《太平广记》卷一百八十，《宋济》条载卢言《卢氏杂说》云：

> 唐德宗微行，[1]一日夏中至西明寺。时宋济在僧院过夏，上忽入济院，……问曰："作何事业？"兼问姓、行。济云："姓宋，第五，应进士举。"又曰："所业何？"曰："作诗。"

如前引《南部新书》及《国史补》等所记当时习俗，宋济正是落第以后，为了准备新的行卷，才借西明寺的房屋过夏的。唐

① 《登科记考》卷十八云："误宪宗为德宗。"

宪宗在已经知道他是应进士举之后，还问他“所业何”，宋济则回答是“作诗”，可见当时举子都各有所业。但省试的甲赋、律诗既然是每一个人都要考的，因而也就没有另做选择的可能，则宪宗所问，自是属于省试诗、赋以外的文学体制，也就是每个人对之具有专长、准备用来行卷的文字了。《唐摭言》卷十二，《自负》门：

卢延让业癖涩诗。吴翰林虽以赋卷擢第，然八面受敌，深知延让之能。延让始投贽，卷中有《说诗》一篇，断句云：“因知文赋易，为下者之乎。”子华笑曰：“上门恶骂来！”

又《剧谈录》卷下，《元相国谒李贺》条：

自大中、咸通之后，每岁试春官者千余人。其间章句有闻，亹亹不绝。如何植、李玫、皇甫松、李孺犀、梁望、毛涛、贝庥、来鹄、贾随以文章著美；温庭筠、郑渎、何涓、周铃、宋耘、沈驾、周繁以词赋标名；贾岛、平曾、李陶、刘得仁、喻坦之、张乔、剧燕、许琳、陈觉以律诗流传；张维、皇甫川、郭鄩、刘延晖以古风擅价。皆苦心文华，厄于一第。

将这两条资料和唐宪宗与宋济的对话合看，则唐时进士对于文学样式各有专攻，而这往往又通过行卷显示出来的情态，就更为明显。（当然这也并不排斥由于举子们在文学创作上是多面手，因而行卷中的作品也兼备各种样式这种情况，如上举杜牧得第是由于以《阿房宫赋》行卷，而他又曾以诗行卷，皮日休以《文薮》行卷，其中不仅有骚、赋、诗、文各体，而且有经学、史学方面的著作。）同时，进士科举对于文学发展的积极影响主要是由于行卷之风，也就同样地更为明显了。

从以上的讨论看来，我们可以这样说：唐代进士科举对于文学肯定是发生过影响的。就省试诗、赋这方面说，它带来的影响是坏的，是起着促退作用的；就行卷之作这方面说，它也带来过一部分坏影响，但主流是好的，是起着促进作用的。以下试就唐代三种最有代表性的文学样式——诗歌、古文、传奇小说，通过各种不同的角度，进一步地对此加以更具体的疏通证明。

六　行卷对唐代诗歌发展的影响

现在，让我们仍从诗歌谈起。在现存唐人诗作中，可以考知其曾被作者用来行卷的还有一些。但最集中地反映了唐人行卷诗的面貌的，则是一部在编辑过程和去取宗旨都发生过异说、引起过争论的唐诗总集——《唐百家诗选》。基于这一情况，通过对这部书的探究来说明唐代诗人行卷之作的价值以及行卷这种风尚对唐代诗歌发展的影响，是比较合适的。

王安石《〈唐百家诗选〉序》云：

> 余与宋次道同为三司判官时，次道出其家藏唐诗百余编，委余择其精者。次道因名曰《百家诗选》。废日力于此，良可悔也。虽然，欲知唐诗者，观此足矣。

这篇短文是说明这部总集来历的第一手资料，它又载于《临川文集》卷八十四，措词也没有任何含混的地方。然而由于如《四库全书总目提要》卷一百八十六所说："是书去取，绝不可解"，所以"自宋以来，疑之者不一，曲为解者亦不一"。即以宋人诸异说之涉及编辑过程者而论，则王先谦刊本晁公武《郡斋读书志》卷十九说此书乃宋敏求原编，王安石"观之，因再有所去取"，于是大家便认为是王安石所编的了。宋朱弁《风月堂诗话》卷下则说，王安石借阅宋氏所藏唐诗，"过眼有会于心者，必手录之"，有人便将这个手抄本刻了出来，并不是王的本意。邵博《邵氏闻见后录》卷十九引晁说之之说及周煇《清波杂志》卷八的记载则更为离奇。他们说，王安石选唐诗时，是就宋敏求家藏的唐人诗集"择善者签帖其上"，再令当时任职的群牧司中的小吏抄录的。小吏懒得多写，就将长诗上的签条移在原来未选的短诗上（晁说），或者是将长篇干脆删去（周说），王安石也不复查，就刻了出来。所以这部题为王安石选的诗集，实际上是"群牧司吏人"选的。这些说法，余嘉锡《〈四库提要〉辨证》卷二十四均已加以考证、批判，从而完全确定了此书的编辑者是王安石。这对我们是有帮助的。他又指出"后人之于是书所以议论纷纷者，其故有二"：一是"因其于李、杜、韩及诸名家之诗，皆不入选，读者求其故而不得"；二是因为"就此百家之中，其脍炙人口者多不入选，而所选者或不厌人意，读者以其去取不可解，疑不尽出于安石之手”。其所概括也基本上符合事实。但余嘉锡解释这两点时，认为前者是由于此书所选，只以从宋敏求家中借来的罕见本为范围，本来不准备包括当时所有的唐代诗集；后者是由于王安石“读书别有冥契，往往性之所独嗜，非众人所能解”。则其说有得有失，不够完满具足。因为他只着重地考证了此书资料出自宋敏求所藏，编选出自王安石之手；而忽略了宋敏求所藏的是一些什么样的资料，在那样一些资料的制约之下，这部诗选又必然会呈现一种什么样的面貌这个重要问题。

《沧浪诗话·考证》云：

> 王荆公《百家诗选》，盖本于唐人《英灵间气集》。其初明皇、德宗、薛稷、刘希夷、韦述之诗，[1]无少增损，次序亦同。孟浩然只增其数篇。储光羲后，方是荆公自去取。前卷读之尽佳，非其选择之精，盖盛唐人诗无不可观者。至于大历以后，其去取深不满人意。况唐人如沈、宋、王、

① 《〈沧浪诗话〉校释》云：“《（诗人）玉屑》于‘刘希夷’下有‘王适’二字。”

杨、卢、骆、陈拾遗、张燕公、张曲江、贾至、王维、独孤及、韦应物、孙逖、祖咏、刘昚虚、綦毋潜、刘长卿、李长吉诸公，[①] 皆大名家，——李、杜、韩、柳[②] 以家有其集，故不载，——而此集无之。荆公当时所选，当据宋次道之所有耳，其序乃言“观唐诗者，观此足矣”，岂不诬哉！

这段话中的评论部分，牵涉到严羽论诗独尊盛唐的问题，不属本题范围，这里无须加以讨论；其叙述部分，则告诉了后人一件事实，即这部诗选的前一部分，系全无更动地录自某一唐诗总集。郭绍虞《校释》云：

殷璠有《河岳英灵集》，高仲武有《中兴间气集》，皆唐人选唐诗。沧浪所谓《英灵》《间气集》，当指此。惟《英灵集》所选无明皇、德宗、薛稷、刘希夷诸人之诗，《间气集》所录，更不及初、盛，不知沧浪所谓“无少增损，次序亦同”者何指?

① 《校释》云：“《玉屑》无‘张燕公’三字。”

② 《校释》云：“《玉屑》‘韩、柳’下有‘元、白’二字。”

郭先生此之所释，按而不断，自是前辈学人审慎的态度。但今存唐人选唐诗既无一与《唐百家诗选》卷一所载明皇诸人之作在家数、篇目及次序上相合，而严羽的话又说得十分明确，绝不含糊，那么，剩下的就只有一个可能，即他将今天我们所看不到的另外一部唐诗总集误记为《英灵间气集》了。（《河岳英灵集》及《中兴间气集》这两部书的名字，在严羽的误记中变成了《英灵间气集》，并将它当作了那一部今天我们所看不到的唐诗总集的名字。）此外，此书卷六还收入了元结选编的《箧中集》全书，即沈千运等七人的作品二十四首，[①]也是家数、篇目及其先后次序都无更动，足为严羽所说《唐百家诗选》采录其他总集时，“无少增损，次序亦同”的佐证。由此可见，此书的第一卷至第四卷储光羲止，是出自严羽误记为《英灵间气集》的某一唐人选唐诗总集，而第六卷自沈千运起至元季川止，则出自《箧中集》。

至于从第四卷的崔国辅起（除去第六卷中的《箧中集》二十四首），即严羽所称为“是荆公自去取”的其余大部分，则另外有一个主要来源。前引《云麓漫钞》卷八谈到唐代举子行卷，曾云：“进士则多以诗为贽，今有唐诗数百种行于世者

① 此点王士禛早已指出，出自张宗柟编《带经堂诗话》卷四。

也。”接着，赵彦卫就指出了这些诗卷也正是《唐百家诗选》的原材料：

> 王荆公取而删为《唐百家诗》。或云：“荆公当删取时，用纸帖出付笔吏，而吏惮于巨篇，易以四韵或二韵诗，公不复再看。”余尝取诸家诗观之，不惟大篇多不佳，余皆一时草课以为贽，皆非其得意所为，故虽富而猥弱。令人不曾考究，而妄讥刺前辈，可不谨哉！

赵彦卫虽然没有宣布他肯定《唐百家诗选》出于进士行卷的直接根据（例如说某人之诗出于某年应举时献给某位显人的行卷等等），但今天却存在着一些有利于这种说法的证据，间接的和直接的都有。第一，唐人的举业，不论是闱中之作或行卷之文，在宋代还保存得不少。如《郡斋读书志》卷二十著录《唐赋》二十卷，解题云：“右唐科举之文也，萧颖士、裴度、白居易、薛逢、陆龟蒙之作皆在焉。”这还是经过后人编辑的，并非闱中之作或行卷的原物。其完全是原物的，则如叶梦得《石林燕语》卷十所载：“王禹玉作庞颍公神道碑，其家送润笔，金帛外，参以古书、名画三十种，杜荀鹤公及第时试卷亦是一种。”唐代名人的试卷，在宋代已被视为文物，与古书、名画同列，其行卷当然也会同样受到重视，加以保存。今传宋代官、私目录中所著录的卷帙不多的唐人诗文集，其中尽有本系行卷之作，而没有标明的。如《皮子文薮》虽著录于《郡斋读书志》卷十八及陈振孙《直斋书录解题》卷十六，然二书均不言其用以行卷，即是一证。其指明系行卷之文的，则晁《志》、陈《录》同卷所载秦韬玉《投知小录》三卷及陈《录》同卷所载顾云《凤策联华》三卷，皆是。第二，宋敏求收藏的唐人诗集中包含为数很多的行卷之作也完全是可能的。这不仅因为他是北宋时代著名的藏书家，《宋史》本传曾称其所藏达三万卷之多，朱弁《曲洧旧闻》卷四也说："其家藏书皆校三五遍，世之蓄书者，以宋为善本。居春明坊，昭陵时，士大夫喜读书者，多居其侧，以便于借置。"而且从宋敏求编撰的一些书籍如《唐大诏令集》《长安志》等看来，他的收藏还是有重点的，以今天的术语来说，便是有一些专藏，否则便很不容易编撰出那一类需要非常丰富的资料的书籍来。以此推之，宋敏求的专藏中也许包括有唐代进士的诗歌行卷。赵彦卫或者得之于先辈旧闻，或者在他那个时代，行卷和一般诗集还比较容易辨别，他也见过一些唐人行卷，因而在阅读《唐百家诗选》时，便发现了它的来源。总之，他说唐代进士的诗歌行卷是这部唐诗总集的主要来源，应当是有征可信的。第三，从《唐百家诗选》所载诗人的出身加以分析，也足以证明《云麓漫钞》的话不为无据。此书共收了一百零四位诗人的作品，除了卷一至卷四中明皇迄储光羲计十一人之作出于严羽误记为《英灵间气集》的某一唐人选唐诗总集，卷六中沈千运迄元季川计七人之作出于《箧中集》而外，还有八十六位诗人的作品。在这八十六人中，进士及第者六十二人，[①]曾应进士举而不第者十五人，[②]共七十七人，占百分之八十九强。其余九人，[③]即另外的百分之十一弱，除少数人是确知其不曾应进士举的之外，[④]多数则只知其不曾进士及第，不能确定其是否曾经应举，也许其中还有应过举而失于记载的人。由此可见，这八十六位诗人，绝大多数是与进士词科有关的人物。他

---

① 他们是：崔国辅、崔颢、陶翰、常建、王昌龄、李颀、戎昱、李嘉祐、姚系、蒋涣、陈羽、杨衡、戴叔伦（《唐史余沈》卷二，《戴叔伦贞元进士》条疑叔伦非进士科出身，似不足信）、郎士元、钱起、司空曙、耿沣、李端、熊孺登、张继、包佶、包何、鲍防、皇甫冉、刘商、羊士谔、窦常、窦牟、窦庠、窦巩、杨巨源、王建、武元衡、令狐楚、朱庆馀、赵嘏、许浑、项斯、李频、李远、雍陶、章碣、施肩吾、章孝标、马戴、高蟾、崔涂、李郢、薛逢、郑畋、薛能、秦韬玉、皮日休、刘沧、曹邺、曹松、刘驾、张蠙、王驾、杜荀鹤、吴融、韩偓。

② 他们是：雍裕之、卢纶、于武陵、长孙佐辅、张碧、于鹄、贾岛、陈陶、李群玉、刘得仁、罗邺、曹唐、张乔、崔鲁、方干。

③ 他们是：殷遥、张登、李约、窦群、刘言史、李涉、卢仝、张祜、刘威。

④ 如《唐才子传》卷四《刘言史》条称其“不举进士”。

们的诗，必然有一些是专门为了行卷而写的，还有许多则是通过行卷这种特殊风尚才流传开来的。这些行卷，当时曾在社会上流传，诗人身后，又被当作文物而加以保存，这也就为宋敏求能够较多地搜集他们这类作品成为一种专藏提供了可能性。第四，除了上述这些旁证之外，还有一条本证，就是用《唐百家诗选》卷十八所选皮日休诗与《皮子文薮》卷十所收诗歌核对，前者所选即后者《杂古诗》十六首中的最后六首，其中个别文字虽不相同，但篇题和次序却完全一样，可见《唐百家诗选》所选皮日休的作品，即系取之于《文薮》，而此书如前所论，正是作者手编的行卷之文。那么，赵彦卫所说，王安石选这部总集时，曾取资于唐人行卷，并非无稽之谈，也就很清楚了。

当然，证明了这部诗选曾经使用了许多唐代进士行卷作为原材料，丝毫也不包含它除了上面提到过的采录了那两部总集——所谓《英灵间气集》及《箧中集》——之外，其余入选诗人的作品全是行卷之文的意思。如卷二十收韩偓诗五十九首，几乎全是这位诗人贵仕及南迁以后之作，卷十四收刘言史诗十七首，而这位诗人则是不曾应过进士举的。凡此之类，都与行卷无关。其中也有某些诗人的作品，就入选的多数篇章看来，可能是曾经用来行卷的，但又显然有写在及第服官以后的诗夹杂其间，如卷五中王昌龄诗即收有其左迁龙标尉时经过泸溪所作的《箜篌引》。这种现象的存在，大概与入选诗人的集子有复本有关。我们设想，宋敏求将家藏唐人诗集交给王安石选择时，其中大多数是行卷，而少数则不是（如上举刘言史、韩偓的诗集）；在这少数非行卷的诗集中，又有一部分是和行卷诗集同出某人之手，而且其中篇目也存在互为出入的情况。王安石曾据以参校，补充收录，因而《唐百家诗选》中那七十多位进士的作品，除少数例外，其主要来源虽然是行卷，其中却往往也杂以登第及做官以后之作了。书中偶尔校录了一些异文（如王昌龄的《和振上人秋夜怀士会》的“高兴发云端”句，末二字下校云：“一作岩峦”），正是这个选本所依据的某些诗人的集子不止一个底本的证据。尽管有上述这些情况存在，但《唐百家诗选》主要取材于唐人行卷这个结论，还是并不远于事实的。

正因为这部诗选不但如余嘉锡所指出的，只以宋敏求的藏本为取材的范围，而且还如赵彦卫所指出的，这批藏本多数是唐人的行卷，而非每一位诗人的全集，所以王安石在选择的时候，除了如余嘉锡所说的，要在主观上受他自己的美学观点及艺术趣味的制约之外，在客观上还必须受这批原材料的制约。对于王安石来说，这原是偶一为之的事情。这位有抱负的政治家因为“废日力于此”，还感到“可悔”，可是后来的论者却将他当作一般的选家那样来要求，责怪他（或者为他开脱）为什么在全部唐诗中放弃了某些重要作家，在每个作家中又遗漏了某些优秀作品，而通不理会《唐百家诗选》何以会形成现有的独特面貌，因之意见虽多，就都不免近于无的放矢，隔靴搔痒了。当然，王安石自序最后那句不够实事求是的话，以及序文过于简略，都容易引起人们的猜度和误会，这些情况也是应当加以估计的。

如果明白了《唐百家诗选》取材的主要来源是什么，并且依据这一前提，不再以反映唐代整个诗歌风貌及每位诗人全部的、最高的成就来要求这部选本，那我们就还得感谢宋敏求和王安石，感谢他们为今天研究唐代进士行卷这种风尚对于诗歌的发展有无促进作用，提供了可贵的史料，并且对于这个问题做了肯定的答复。

我们考察一下这部诗选中与进士科举有关的七十多位诗人的作品，除去其中确知其非行卷之作的那一部分，还可以看到许多思想性较强，艺术性较高，脍炙人口、传诵至今的篇章，如崔颢《黄鹤楼》，王昌龄《长信怨》《出塞》，李颀《古从军行》《古行路难》，戴叔伦《女耕田行》，卢纶《和张仆射塞下曲》，张继《枫桥夜泊》以及王建的一部分新乐府等等，都在其中。其余在当时的水平线以上的诗，则更不在少数。大历以后，由于整个诗风的逐渐衰落，因此收在本书中的若干作品，也显得“猥弱”一点，但它们大体上还是和那个时代的那些作家的整个水平相适应的。

至于在《唐百家诗选》以外的事例，则如《幽闲鼓吹》载李贺曾以《雁门太守行》向韩愈行卷，《云溪友议》卷上《江都事》条及《唐诗纪事》卷三十九《李绅》条载李绅曾以《古风》向吕温行卷，其中包括著名的《悯农》诗。又《北梦琐言》卷二云：

> 咸通中，礼部侍郎高湜知举。榜内孤贫者公乘亿，赋诗三百首，人多书于屋壁。许棠有《洞庭》诗，尤工，时人谓之许洞庭。最奇者有聂夷中，河南中都人，少贫苦，精于古体，有《公子家》诗云：“种花于西园，花发青楼道。花下一禾生，去之为恶草。”又《咏田家》诗云：“父耕原上田，子劚山下荒。六月禾未秀，官家已修仓。”又云：“锄禾日当午，汗滴禾下土。谁念盘中餐，粒粒皆辛苦。”[①]

---

① 此篇亦作李绅诗，见上引《云溪友议》、《唐诗纪事》及《全唐诗》卷四百八十三李集。

又云："二月卖新丝，五月粜新谷，医得眼前疮，剜却心头肉。我愿君王心，化为光明烛，不照绮罗筵，只照逃亡屋。"所谓言近意远，合《三百篇》之旨也。盛得三人，见湜之公道也。

我们揣度孙光宪的语意，其所标举的聂夷中等三人的诗，也是作者曾经用来行卷，因而得名及第的。诸如此类，自然也同样地足以证实：行卷之诗，确有佳作；行卷之风，确有助于诗歌的发展。

七　行卷对推动唐代古文运动所起的作用

当代学者研究中唐时代的古文运动，大都注意到了这是一次有组织、有领导、有理论的文学运动。陈寅恪《论韩愈》[①]曾从评价韩愈的角度谈到这些问题。在论及韩愈“奖掖后进，期望学说之流传”这一点时，陈先生指出：

> 据《旧唐书》一六十《韩愈传》略云：“大历、贞元之间文字多尚古学，效扬雄、董仲舒之述作，而独孤及、梁肃最称渊奥，儒林推重。愈从其徒游，锐意钻仰，欲自振于一代。”及《新唐书》一七六《韩愈传》略云：“愈成就后进士，往往知名，经愈指授，皆称‘韩门弟子’。”则知退之在当时古文运动诸健者中，特具承先启后作一大

① 载《历史研究》1954年第2期。

运动领袖之气魄与人格，为其他文士所不能及。退之同辈胜流如元微之、白乐天，其著作传播之广，在当日尚过于退之。退之官又低于元，寿复短于白，而身殁之后，继续其文其学者不绝于世。元、白之遗风虽或尚流传，不至断绝，若与退之相较，诚不可同年而语矣。退之所以得致此者，盖亦由其平生奖掖后进，开启来学，为其他诸古文运动家所不为，或偶为之而不甚专意者，故“韩门”遂因此而建立，“韩学”亦更缘此而流传也。

黄云眉先生对陈先生此文中许多论点都不以为然，曾经有所驳诘，[①]然而对上引之说，则无异议。在《柳宗元文学的评价》[②]中，黄先生论及柳宗元在古文运动中“所发挥的领导作用，没有像韩愈那么巨大”，认为其主要原因，一是“在指示文学改革的方向上韩愈较柳宗元为明确”，二是“在达成文学改革的愿望上韩愈较柳宗元为坚决”；并且很强调韩愈建立师弟子关系对于古文运动所起的作用。郭绍虞《中国古典文学理论批评史》，第五章《隋唐五代》，第四节《文人的斗争》论及古

① 《读陈寅恪先生〈论韩愈〉》（《文史哲》1955年第8期），后引黄先生说，均见此文。

② 载《文史哲》1954年第10期。

文运动时，也认为以“道统自任”和以“师道自任”乃是韩愈“成功的关键”，这两者“确实起过号召和推广的作用”。对于三位前辈通过韩愈及其古文运动的不很相同或很不相同的论证和理解而获致的这个一致的结论，我们是同意的。在这里，还想就进士科举与其行卷之风和古文运动的关系，略加考述，从而证明这个运动，不仅是有组织、有领导、有理论的，而且还是有策略的，这种策略对于这个运动的成功是不可少的（当然，这一切都是中世纪式的而非近代、现代式的）；同时，也从而证明进士行卷之风同样有助于古文的发展，作为上述三家的正确意见的补充。

韩愈是世所公认的中唐古文运动最杰出的领袖，他在这方面的活动具有很大的代表性。我们探索这个文学运动与进士科举的关系，当然也就要首先注意到他有关这方面的言行，同时也要涉及那些作为韩愈的羽翼的人物的有关这方面的言行。

我们都知道，在韩愈以前，已经出现过一些古文家，如萧颖士、李华、贾至、元结、独孤及、梁肃等。[①]他们之间，也有过某种一脉相承的关系，如李华为萧颖士的文集作序，独孤及为李华的文集作序，梁肃为独孤及的文集作序，都大力地肯

① 参钱基博《韩愈志》，《古文渊源篇》第一。

定了其前辈在不同程度上以复古来革新所付出的努力。[1]但这些先驱者，与韩愈等比较起来，不仅是本身的创作实绩有待提高，其活动也还缺乏具体的组织、领导和完整的理论、有效的策略，显示着任何社会运动初期所具有的那样一种自发性。

再就这些人与进士科举的关系而论，也不及后来的古文家那么密切。萧、李、元三人是进士及第的。除了元结曾以《文编》纳省卷，受知杨浚，看《文编》自序的语意，其中所收应当是古文这件事实之外，今天在他们身上便难以再发现进士科举与古文运动之间的联系。贾至出身明经，独孤及出身道举，梁肃出身制科，其文学活动就更与进士科举无关。但韩愈本人及其同辈或后辈的古文家却与其前辈们不一样，他们几乎全是进士词科集团中人。韩愈、柳宗元、李观、欧阳詹、张籍、李翱、李汉、皇甫湜、沈亚之、孙樵都曾应进士举及第。（惟一例外是樊宗师，他是军谋宏远堪任将帅科出身的。）这乃是中唐古文运动之所以能够而且必然和进士科举发生密切关系的基础。

这种关系，具体地说，又可分为两层。第一是古文作家应举时，虽然遵照功令，必须以时文——甲赋、律诗应试，却往

---

① 这些文章载在姚铉编《唐文粹》卷九十二及九十三，可参看。

往以古文行卷。他们希望通过这种双管齐下的办法，达到既取得了功名，又推行了古文的目的。第二是当他们登第为官以后，逐渐上升为当世显人时，便又凭借其社会地位来鼓励后进之士也走他们的道路，并且利用回答后进之士向他们行卷以请求提拔和教益的机会，大力宣传自己的那一套文学主张。这乃是韩愈等人当时进行文学斗争所运用的基本策略。这种策略显然是有成效的。

韩愈等人从事进士科举活动，自始即与其从事古文运动有关联。《郡斋读书志》卷十七云：

(独孤及)为文，以立宪诫世、褒贤遏恶为用，长于论议。《唐实录》称韩愈师其为文云。

《唐摭言》卷七，《知己》门云：

贞元中，李元宾、韩愈、李绛、崔群同年进士。先是，四君子定交久矣，共游梁补阙肃之门；居三岁，肃未之面，而四贤造肃多矣，靡不偕行。肃异之，一日延接，观等俱以文学为肃所称，复奖以交游之道。

这都证明了韩愈、李观等人和当时的前辈古文家实有师友渊源，与《旧唐书·韩愈传》的记载正相符合。而取《昌黎先生集》卷十七，《与祠部陆员外书》所自述其登第是由于梁肃推荐的情况相参照，更可见韩等之游于梁门，不仅是为了学文，也是为了觅举，求知己；同时，梁肃之揄扬和推荐他们，也可能不仅为了他们是一群有才华的青年人，而且是在文学见解和创作实践方面都和自己比较接近的、可以做自己接班人的后辈。

《旧唐书》韩传还曾经记载他“举进士，投文于公卿间。故相郑馀庆颇为之延誉，由是知名于时”。《昌黎先生集》中也保存有好几篇行卷时写的书信。其中除《外集》卷二《上贾滑州书》外，都是进士及第以后再应博学宏词试时所写的，而且这些书信都只载有献文的篇数，而没有写明其题目，以致今天我们无法确知传世韩文中哪几篇曾经由作家在举进士时用来行卷。但这些书信既是用古文写的，以理推之，所投之卷也必然是古文而不是《明水赋》《御沟新柳》诗这类时文。李观的《帖经日上侍郎书》，已见前引。书中历举其所献省卷文九篇的题目。这些文章，具存本集，都是古文，也足以证明当时古文作家是以他们所擅长并且有意识地在加以提倡的这种文体来行卷的。这些文章既然通过行卷的方式而得以比较广泛地在文坛上流行，自然也就显示了古文的实绩，为它的继续发展创造了有利条件。

但是，古文运动与进士科举及行卷风尚关系的密切，主要还不是表现在韩愈等人在文坛上初露头角、以古文行卷从而获得进士登第的时候，而是表现在后来他们在社会上文坛上已经成为当世显人，其力量已经足以左右文风，并能够接受后进行卷，将其向主司或其通榜者加以揄扬和推荐的时候。正因为韩愈等人入仕以后，已经在文坛上树立起了古文的旗帜，而又能荐举后进，并且乐于荐举后进，许多后进才踊跃地接受其文学主张，并且积极地写出符合于这种主张的作品，献给他们，以求知己；而韩愈等人则又利用这种与后进接近的机会来大力宣传和推行古文。这就形成了一种更有利于促进这一当时新兴的文学运动的连锁反应。

今存唐人杂记及韩愈文集中关于韩愈热心于援引和教导进士们的记载相当地多。如《幽闲鼓吹》云：

> 李贺以歌诗谒韩吏部，吏部时为国子博士分司，送客归，极困；门入呈卷，解带旋读之。首篇《雁门太守行》曰：“黑云压城城欲摧，甲光向日金鳞开。”却援带命邀之。

《唐摭言》卷六，《公荐》门云：

> 韩文公、皇甫湜，贞元中名价籍甚，亦一代之龙门也。奇章公始来自江、黄间，置书囊于国东门，携所业，先诣二公卜进退。偶属二公从容，皆谒之，各袖一轴面贽。其首篇《说乐》。韩始见题而掩卷问之曰："且以拍板为什么？"僧孺曰："乐句。"二人因大称赏之。问所止。僧孺曰："某始出山随计，进退唯公命，故未敢入国门。"答曰："吾子之文，不止一第，当垂名耳。"因命子客户坊僦一屋而居。俟其他适，二公访之，因大署其门曰："韩愈、皇甫湜同访几官先辈，不遇。"翌日，自遗、阙以下，观者如堵，咸投刺先谒之。由是，僧孺之名大振天下。

赵璘《因话录》卷二云：

> 广平程子齐昔范未举进士日，著《程子中谟》三卷。韩文公一见，大称叹。及赴举，言于主司曰："程昔范不合在诸生之下。"当时下第，大振屈声。

这些故事，都足以和《昌黎先生集》中不下十余篇的答复进士们的书、赠送进士们的序参证，而集中最值得我们注意的，是卷十八《答刘正夫书》开头的那一段话。他说：

> 凡举进士者，于先进之门，何所不往？先进之于后辈，苟见其至，宁可以不答其意耶？来者则接之，举城士大夫莫不皆然。而愈不幸，独有接后辈名。名之所存，谤之所归也。

这一段话，写在信中的主要部分即和刘正夫讲论古文的那一部分之前，乍看起来，似乎不甚相关。并且，既然是“先进之于后辈”，“来者则接之”，大家一样，那么韩愈又为什么独独受到诽谤呢？这也未免有些古怪。但如果我们想到，在这个问题上，韩愈和其他非古文家的显人的主要不同之点是在于他一心一意地要将推行古文与提拔后进这两件事情结合起来，便不难理解了。用新兴的古文来排斥占有传统势力并且部分地由政府功令规定作为考试科目的时文，当然免不了要遭到习惯势力的反对。而这一新生事物之终于成长壮大起来，形成了“文起八代之衰”[①]的局面，则除了其根本原因应当归之于文学发展

① 苏轼赞韩愈语，见《东坡后集》卷十五《潮州韩文公庙碑》。

本身推陈出新的客观规律之外，与韩愈等采取了这种策略，也是分不开的。韩愈正是由于不顾别人的诽谤，坚持了自己正确的主张和有效的策略，才取得了胜利的。李汉《〈昌黎先生集〉序》谈到韩愈提倡古文在当时所得到的不同反应说：

时人始而惊，中而笑且排，先生志益坚，终而翕然随以定。呜呼！先生于文，摧陷廓清之功，比于武事，可谓雄伟不常者矣。

便很精确地描绘了韩愈对他的反对派进行斗争的精神。《因话录》卷三云：

元和中，后进师匠韩公，文体大变。又柳柳州宗元、李尚书翱、皇甫郎中湜、冯詹事定、祭酒杨公、余座主李公，[①]

---

① 祭酒杨公，指杨敬之。《新唐书·杨敬之传》："文宗尚儒术，以宰相郑覃兼国子祭酒，俄以敬之代。"《登科记考》系此条于开成二年。然传下文又云："未几，兼太常少师，……转大理卿，检校工部尚书，兼祭酒，卒。"可见杨敬之任国子祭酒，先后两次，不止一年。座主李公当指李汉，据《登科记考》卷二一，赵璘于大和八年登进士第，开成三年举拔萃科，而大和八年知贡举的即为李汉。又《因话录》同卷别条云："余座主陇西公……淹恤在外多年，除宗正少卿归朝。"亦与《新唐书·宗室传》李汉传合。

皆以高文为诸生所宗；而韩、柳、皇甫、李公皆以引接后学为务。杨公尤深于奖善，遇得一句，终日在口，人以为癖，终不易初心。

则又很明白地指出了“文体大变”与“接引后学”之间的密切关系。

韩愈“抗颜而为师”有助于古文运动的发展，是没有疑问的。柳宗元《河东先生集》卷三十四《答韦中立论师道书》谈到这个问题时，表示了与韩愈不同的态度。但他在同卷《报袁君陈秀才避师名书》中却说：

往在京都，后学之士到仆门，日或数十人。仆不敢虚其来意。有长，必出之；有不至，必惎之。

又《答贡士廖有方论文书》中也说：

吾在京都时，好以文宠后辈。后辈由吾知名者，亦为不少焉。

则可见他虽然表面上避师名而不居，实际上其对后进的热心援引和教导却与韩愈没有两样。

前举陈寅恪先生文中所引《新唐书·韩愈传》中的一段话，是宋祁从《国史补》卷下《韩愈引后进》条采来的。其原文如下：

> 韩愈引致后进，为求科第，多有投书请益者，时人谓之韩门弟子。

而《昌黎先生集》卷三十二，《柳子厚墓志铭》则说：

> 衡、湘以南为进士者，皆以子厚为师。其经承子厚口讲指画为文词者，悉有法度可观。

由此可见，师与弟子、显人与举子，对于韩、柳两位大师及当时其他从事古文运动的人来说，乃是一而二，二而一的关系。韩愈“抗颜而为师”，竟然会得到“群怪聚骂，指目牵引”[①]的后果，恐怕也和他利用师弟关系宣传古文，传授古文，以致引起反对派的不满有关。

---

① 柳宗元《答韦中立论师道书》中语。

至于宣传古文和传授古文，则是直接与行卷这种风尚联系着的。中唐古文家留下了不少发表自己文学见解的书信。这些文学史和文学批评史上极可珍视的材料，在当时却往往是为了回答向他们行卷的举子而写的，如韩愈：《答李翊书》（《昌黎先生集》卷十六）、《答刘正夫书》（卷十八），柳宗元：《答韦中立论师道书》（《河东先生集》卷三十四）、《报崔黯秀才论文书》（同上），李翱：《答朱载言书》（《李文公集》卷六）、《寄从弟正辞书》（卷八），皇甫湜：《答李生第一书》（《皇甫持正集》卷四）、《答李生第二书》（同上）、《答李生第三书》（同上），孙樵：《与王霖秀才书》（《孙可之集》卷二）等都是。在这些基本上一致的理论指导之下，必然地就会出现较多和较好的古文。这也就无可争辩地证明了行卷对于古文的发展具有其推动作用，虽然其推动作用是以显人对于行卷做出反应的形式而体现的。

古文是时文的对立物，将这两者加以区别，不使混淆，对于理解和评价古文运动，很有必要。郭绍虞在其《试论古文运动——兼谈文笔之分到诗文之分的关键》[①]一文中说：

在唐代，古文斗争的目标有两种：最主要的是骈文。李汉

① 载《跃进文学丛刊》第2辑，1958年。

所谓“摧陷廓清之功”，苏轼所谓“文起八代之衰”，都是肯定韩愈在这方面的成就。李兆洛《〈骈体文钞〉序》说：“自唐以来始有古文之目，而目六朝之文为骈体。”可见古文和骈文是敌对性的。另一方面是对时文，即当时流行的应举之文。唐以诗、赋取士，律赋就是当时从骈体更进一步的应举文体。韩愈《与冯宿论文书》云：“辱示《初筮赋》，实有意思，但力为之，古人不难到；但不知直似古人，亦何得于今人也。仆为文久，每自测，意中以为好，则人必以为恶矣。……时时应事作俗下文字，下笔令人惭，及示人，则人以为好矣。”此所谓俗下文字，很可能指一般的骈文，但是也可能指律赋一类的应举文。从此以后，古文经常与骈文相对立，也经常与时文相对立。

黄云眉先生在和陈寅恪先生辩论唐德宗“崇奖文词”是否与古文运动有关这个问题的时候，也强调指出：

> 唐代的科举文字，和其他骈文一样，正是唐代古文运动的斗争对象，这只要读韩愈答尉迟生、崔立之、陈生等书，及与冯宿、陈商等书，就可以看出这些科举文字和韩愈所提倡的古文之间，有着一条很清楚的界线。混淆了这条界线，古文运动就会失去它的意义。

这些意见，对于古文与时文或“俗下文字”是在文学史代表着两种不同的、并且在一定历史时期内相互斗争着的倾向来说，无疑地是正确的。但从整个文学史实及其社会背景来加以考察，则中唐古文家如何对待进士科举及应举之文乃至其他“俗下文字”，其情况又似乎还要复杂一些。

前已引用的《国史补》卷下《韩愈引后进》条及《柳子厚墓志铭》，都记载着一件非常值得玩味的事实，即后进为了应进士举，才去从韩、柳学古文；或者反过来说，韩、柳教后进以古文，也同时是为了他们去应进士举。可是，我们都知道，进士及第必须通过以时文——甲赋、律诗为内容的正式考试，而古文则是他们用来行卷的，而且也只能够用来行卷。韩愈及其他古文家正是以时文应试、古文行卷这种双管齐下的方式来获得进士及第的，而他们的后辈，在其鼓励和指导之下，也是这么做的。那么，在这些人看来，古文有与时文对立、斗争的一面，如郭、黄两先生所指出的；是否两者也有其一致的一面，为两先生所未尝指出的呢？回答是：有的。

上文已经指出，中唐古文运动的领袖及多数中坚人物都是进士科举出身的。这个事实证明他们绝不排斥进士科举：他们在进士登第之前，经常用古文来行卷；及第从政并成为显人之后，又广泛地借着后进向他们行卷的机会来宣传和推行古文。

这个事实又进一步证明了，古文家不但不排斥进士科举，而且还使其所发动或参加的这个新兴文学运动在某些方面策略地利用了这种考试制度及其派生的行卷这种风尚。这是因为，从文学创作的角度来说，古文诚然是以与时文及其他“俗下文字”相对立的身份出现的，提倡和创作古文，就很有必要去贬抑和排斥时文及“俗下文字”；而从文学运动的角度来说，为了更其顺利地推行这一文学运动，又必须尽可能地利用为当时有文学才能的知识分子所趋赴的进士科举制度，把这些人吸引到这个运动中来。所以，古文和时文是应当对立的，事实上也是对立的；可是，古文运动却不能和进士词科对立，事实上也不曾对立。在当时的具体历史条件之下，如果韩愈等人不策略地把后两者对立起来，那么，他们自己首先就不可能进士及第并成为当世显人，后进自然也就不会向他们行卷学文，而古文运动的开展也就决不会有当时那样顺利了。正因为韩愈等人策略地造成了对于他们本身及其追随者说来，学文与觅举是统一的而不是矛盾的这样一种局势，古文运动才如历史所昭示，在中唐那个以时文为正式考试内容的进士科举极盛的时代，反而减少了反对派的阻力，获得了极大的成功，写下了中国文学史上很辉煌的篇章。

古文家可以反对而且当然会反对时文，但古文运动可不能反对时文所依存的进士科举制度；不仅如此，为了达到推行古文的目的，他们还必须也学会作时文来通过进士科举这一关。[1]对于向他们行卷的后进来说，基于同样的理由，也不能要求其完全放弃时文，专作古文。这样，就使得当时的古文家对于时文所采取的对立态度，不能是绝对的，而只能是相对的。皇甫湜《答李生第一书》云：

来书所谓浮艳声病之文耻不为者，虽诚可耻，但虑足下方今不尔，且不能自信其言也。何者？足下举进士，举进士者，有司高张科格，每岁聚者试之，其所取乃足下所不为者也。“工欲善其事，必先利其器。”[2]足下方伐柯而舍其斧，可乎哉？耻之，不当求也；求而耻之，惑也。今吾子求之矣，是徒涉而耻濡足也，宁能自信其言哉？

---

① 唐代进士及第，虽然要通过甲赋、律诗即时文的考试，但最重要的还是要以行卷的方式争取显人的推荐，已如上述。但如果时文作得太差，也还是不能通过考试的。著名的诗人贾岛，本已出家当了和尚，后来经过韩愈的说服，还俗应进士举，可是始终未能及第，这很可能与他不会作律赋有关。《唐摭言》卷十二《轻佻》门云：“贾岛不善程式，每自叠一幅，巡铺告人曰：‘原夫之辈，乞一联，乞一联！’”可为旁证。“原夫”，指律赋中句首所用虚词。

② 《论语·卫灵公》语。

在这里，皇甫湜比当时其他从事古文运动的人都更其坦率地道破了古文家虽然反对时文，却不能完全摒弃时文的理由和真相。

古文运动是一个中世纪方式的文学运动，古文家们都不是近代或现代的职业作家，而只是一群争取“以官为业”的地主阶级知识分子。对于他们来说，在文学方面，从事古文运动，成为古文家，是重要的；而在政治方面，争取进士登第，入仕，成为显人，也是重要的，甚至还重要得多。仅就这一点而言，以古文行卷或以时文应试，无非都是为了取得功名，那两者就没有什么本质上的差别了。古文与时文一致的一面，就在这里。韩愈等人正是掌握了这个契机，在自己成为当世显人以后，又利用了后进之士希望觅举、学文一举两得的心理，借行卷的风尚，来开展古文运动，获得了成功的。而这又与古文和时文这两种对立物，对于作为进士们猎取功名的手段来说有其一致性相关。因此，在讨论行卷之风与唐代古文发展的关系时，弄清楚上述这些较为复杂的情况，是有必要的。

八　行卷风尚的盛行与唐代传奇小说的勃兴

冯沅君《唐代传奇作者身分的估计》曾据习见的唐人传奇单篇、专篇及具有传奇风格的杂俎——为《太平广记》、《四库全书总目提要》、鲁迅《中国小说史略》所采用、著录、论及者——六十种，统计其姓名可考的作者四十八人的出身，得出如下的结论：

> 在这四十八人中，确知其举进士的凡十五人，[①]举明经的一人，擢制科的一人，应进士试而落第的一人，因其为翰林学士或校书郎遂推想他们可能是进士或制科出身的三人。其余二十七人里，二十四人因行事难详，不知他们是

① 按这里所说“举进士”，当作应进士举登第，观下文有“应进士举而落第”一项可知。唐人文献称“举进士”，只是应进士举的同义语，不包括登第的意思在内。下文“举明经”，亦为应明经举登第之误。

否曾应科举。行事可考而无科名的只有三人。此外，还有一点值得我们注意的，就是唐传奇的杰作与杂俎中的知名者多出进士之手。

冯先生这个统计，对于唐代传奇小说与进士词科具有密切关系，是一个很好的证明。行事难详的二十四人中间，很可能还有一些是曾经应进士举的（不论其及第与否）。我们有理由推想，传奇作家与进士科举有关的，在冯先生所据以统计的三部著作中的四十八人范围以内，并不止三分之一左右，而是还要多一些。

进士用传奇小说来行卷，始于何时、何人，已经无可考证。但传奇到了中唐贞元、元和时代，才名篇迭出，而这个时代，又正是进士词科日益为士人所贵重、争以引人注目的行卷来求知己的时代，则传奇的发达，与进士们用它来行卷有关可知。当代学者所写专文、专书及有些文学史中都提到了这个事实，但对唐代进士为什么要采用传奇这种新兴文学样式来行卷这个问题，则意见还不一致，可以略加讨论。

《云麓漫钞》首先提出了这个问题，它认为进士们以传奇行卷，是因为这种样式“文备众体，可以见史才、诗笔、议论”。陈寅恪在《元白诗笺证稿》第一章《长恨歌》及第四章附录《读莺莺传》中，曾经根据这个意见，解释了唐代传奇的某些著名作品中所呈现出的一些情况，如认为元稹的《莺莺传》和李绅的《莺莺歌》，陈鸿的《长恨传》和白居易的《长恨歌》，虽然传和歌并非出自一人之手，但应当看成一个整体；《莺莺传》中张生所发的“忍情”之说，是由于传奇小说中“不得不具备”一些议论的缘故，等等。黄云眉先生不以赵、陈两家之说为然，认为：“赵彦卫只是偶然替此类作品下了一个为什么可以投献的注脚，而陈先生竟把这个注脚，当作贞元、元和以来的小说的固定公式的主要根据，是不够的，而且是穿凿的”。他还认为：“投献此类作品的原因也不过像鲁迅先生所说，‘希图一新耳目’，而不是像赵彦卫所说，为了‘可以见史才、诗笔、议论’。”

对于这一争论，我有如下一些不成熟的看法。首先，叙事或史才、抒情或诗笔、说理或议论，本是广义的文学创作内容的三个主要方面。唐代进士科举考试的主要项目，甲赋、律诗可以表现其抒情能力，策可以表现其说理能力，可是叙事能力在这两个考试项目中是难以表现的。传奇小说以叙述故事、描写人物为主，正好可以使得作者在这方面的能力得到发挥。《国史补》卷下，《韩、沈良史才》条云：

沈既济撰《枕中记》，庄生寓言之类；韩愈撰《毛颖传》，其文尤高，不下史迁。二篇真良史才也。

赞美传奇小说，而从史才着眼，很足以说明其中消息。同时，进士试诗、赋，试策，虽然可以表现抒情、说理的能力，但由于考题的限制和文字的程式化，也就对这种能力的表现具有很大的局限性。这都是举子们希望在其行卷中加以弥补的。因此，有些人在编辑行卷的时候，就注意到了其篇目要能够体现自己在叙事、抒情、说理各方面的才能。前举李观《帖经日上侍郎书》、杜牧《上知己文章启》、皮日休《〈文薮〉序》中所载行卷文字的篇目，都足以证实这一点。这就说明，“文备众体”是某些举子已经敏感到了的对于行卷的客观要求，而传奇小说，则又恰恰具有不是“备众体于多篇之中”而是“备众体于一篇之中”的特点和优点，使人读其一篇，就可以大致了解作者的史才、诗笔、议论，即叙事、抒情、说理的全部能力；而且这三者（至少是叙事和抒情两者）还不是各自孤立起来表现的，而是互相联系着，作为一个有机的整体来表现的，因而很自然地成为行卷的进士们所乐于采用的一种样式了。鲁迅在回答文学社提出的“六朝小说和唐代传奇文有怎样的区别”这个问题时，曾经指出：

至于他们之所以著作，那是无论六朝或唐人，都是有所为的。……唐以诗文取士，但也看社会上的名声，所以士子入京应试，也许预先干谒名公，呈献诗文，冀其称誉，这诗文叫作“行卷”。诗文既滥，人不欲观，有的就用传奇文，来希图一新耳目，获得特效了，于是那时的传奇文，也就和“敲门砖”很有关系。但自然，只被风气所推，无所为而作者，却也并非没有的。①

鲁迅先生是小说史专家，在回答这个问题的时候，又已精通辩证唯物主义和历史唯物主义，所论自然远较赵彦卫为全面而深刻。但他所说的举子们行卷用传奇小说，是为了“希图一新耳目，获得特效”，却与赵彦卫所说的“盖此等文备众体，可以见史才、诗笔、议论”，并不是矛盾的，而是互相补充的，因为在一篇文章中而能兼备叙事、抒情、说理三个方面，也就足以使人一新耳目。虽然传奇小说还有其他许多吸引人的地方，但将这一点包括在内，对于增加其艺术魅力来说，却是有益无损的。陈寅恪先生依据赵说，加以发挥，指出传奇小说某些结构和内容上的特点，对我们也还是有益的，但他却将这些本来

① 载《且介亭杂文》二集。

并不具有绝对性和普遍性的情况绝对化和普遍化了，陷入以偏概全，因而就不得不得出与事实不完全符合的、同时也使人不能完全信服的结论来。如果我们只说，在唐代传奇小说的某些作品中，出现过一篇之中兼备叙事、抒情、说理之体的情况，而这种情况的形成，则与进士们用它们来行卷，以便集中表现自己的多方面的文学才能有关，那就符合事实，因而也就没有什么可被訾议的了。

前引《南部新书》甲卷载李复言曾以《纂异》十卷纳省卷，又《国史补》卷中《晋公祭王义》条及《南部新书》戊卷记载元和十年（815），王承宗、李师道遣刺客谋害裴度，裴度的仆人王义为了保护裴度，以身殉职，这一年，多数进士都撰作《王义传》。这是当时应进士科举的人写作传奇小说来纳省卷与投行卷的两个实例。[①]可惜《纂异》是否即今传《续玄怪录》，还不能肯定；而那些为数众多的《王义传》又都已亡佚了。现存唐人传奇，单篇和专集虽然都还不少，但哪些曾由

---

① 吴庚舜《关于唐代传奇繁荣的原因》（《文学研究集刊》第1册，1964年）认为："从唐五代典籍来看，（投献）'所业'仅限于诗文，并不包括传奇。"可能是没有注意这两条材料。此外，张祜《〈孟才人叹〉序》记载了当孟才人殉情的悲剧传开以后，"贡士文多以为之目"，其中诗、赋之外，也可能有古文和传奇。

作者用来行卷，却绝少直接的史料可供稽考。除了《云麓漫钞》提出的《幽怪录》及《传奇》之外，[1]李复言的《续玄怪录》也很可能是行卷之文。今将这三种专集略加考核，以见传奇小说在行卷这种风尚推动之下所产生的实绩。

《幽怪录》，本名《玄怪录》，宋人以避讳而改“玄”为“幽”。[2]此书出于中唐时代牛党领袖人物牛僧孺之手，原为十卷，今已散佚，但《太平广记》中还存有三十三篇。它是一部行卷之作，除见于赵彦卫的记载之外，还有两点可资推证：第一，汪辟疆先生校录《唐人小说》下卷，[3]《〈玄怪录〉叙录》云：“僧孺少负才名，而颇嗜志怪。此《玄怪录》十卷，大抵未通籍以前所作。”按李德裕的门人韦瓘作《周秦行纪》，嫁名僧孺，借以诬陷牛氏，其事已为世所公认习知。[4]

---

① 黄云眉先生文中有云“可能当时有过某些人以幽怪录传奇作为所业而投献主司者”，又云“如果把它套在唐代所有幽怪录传奇上”，玩味语意，似乎不认为《幽怪录》和《传奇》是两部传奇专集的名称，恐非是。

② 称《玄怪录》为《幽怪录》，《续玄怪录》为《续幽怪录》，都是宋人为了避赵匡胤的始祖玄朗的讳而改动的，朱国桢《涌幢小品》卷十八《志录集》条云：“牛僧孺撰《玄怪录》，杨用修改为《幽怪录》，因世庙时重玄字，用修不敢不避。其实只一书，且非刻之误也。”《四库全书总目提要》卷一百四十四也误信此说，胡珽在《〈读幽怪录〉校勘记》中已予订正。

③ 下引汪先生说均见此书。

④ 参《唐人小说》上卷，《周秦行纪》按语。

而此文起笔即云："余贞元中举进士落第，归宛、叶间。"这正暗示了当时人们都知道《玄怪录》是作者举进士时写的，因而韦瓘那篇伪文才将其所虚构的情节也定在牛举进士时，以求与《玄怪录》相吻合，从而取信于人。第二，牛僧孺是当时进士科场中非常活跃的人物，流传的逸事不少，上文就征引过《唐语林》《幽闲鼓吹》《云溪友议》《唐摭言》等书中有关他应进士举的资料。《玄怪录》既写于作者应举时，而作者又非常热心于科第，贞元则是传奇小说勃兴的时代，就此三个方面参合推断，牛僧孺以《玄怪录》来行卷，并且带动了后进以传奇小说行卷的风气，是全然可能的。上举冯沅君先生文已经较详细地论及牛僧孺与传奇小说的关系，在这里，只就《玄怪录》多半是行卷之文这一点略作补充。

《续玄怪录》，李复言撰，今存南宋临安书棚本，分四卷，共二十三篇，另外还有十二篇只见于《太平广记》，已由胡珽辑出，编为拾遗二卷，一并刊入《琳琅秘室丛书》。汪先生所撰本书《叙录》说："复言生平，无可考见。《太平广记》一百二十八引《续玄怪录》，《尼妙寂》一条云：'大和庚戌岁，陇西李复言游巴南，与进士沈田会于蓬州。田因话奇事，……录怪之日，遂纂于此。'据此，则知复言固大和、开成间人矣。时牛僧孺方在朝列，势倾中外。牛相早年有《玄怪录》之作，通行既久。复言乃续其书，举所闻于大和间之异闻轶事，悉入纂录。”这一叙述是谨严而符合事实的。卞孝萱《〈续玄怪录〉作者及写作年代探索》[①]则据《唐诗纪事》卷四十三《李谅》条“谅字复言”的记载，以为写《续玄怪录》的李复言，就是与白居易同于贞元十六年（800）登进士第的李谅，并据《续玄怪录》中有写于元和（806—820）、大和（827—835）年间，亦即写于贞元十六年以后的作品，来否定陈寅恪在《〈顺宗实录〉与〈续玄怪录〉》[②]中认为《续玄怪录》是“江湖举子投献之文卷”的论点，但卞先生对前引《南部新书》甲卷所载“李景让典贡年，有李复言者，纳省卷，有《纂异》一部十卷”这条资料，似乎失之眉睫。考李景让知贡举，是在开成五年（840）。上距贞元十六年，已四十年，即使要假定字复言的李谅于四十年前进士及第，这个时候再来举制科，也是不可能的，因为时间相距实在太远了。然则与其认为《续玄怪录》的作者就是李谅，还不如假定写《续玄怪录》的李复言就是以《纂异》纳省卷的李复言，而《纂异》就是《续玄怪录》的别名，更合情理。这样，就解

① 载《江海学刊》1961年10月号。

② 载《国立北京大学四十周年纪念论文集》乙编上，1940年。

决了卞先生的《续玄怪录》既为行卷之文，何以有写于作者登进士第之后的篇章这个疑问，同时也就增强了陈先生以此书为“江湖举子投献之文卷”这一论断的可靠性。因为，就当时的情况来说，纳省卷比投行卷一般地应当更其郑重、严肃一些，如果李复言敢以《纂异》去纳省卷于礼部（虽然这种不寻常的行动毕竟遭到批判，作者也因此罢举），那么他用相同或者相类的作品去投行卷于显人，就更有可能了。汪先生又考证此书版本云：“传至宋初，遂有两本：其一，为五卷本。《唐艺文志》及宋陈振孙《书录解题》所著录者是已。其一，为十卷本。晁公武《读书志》所著录者是已。（《宋志》小说类既收李复言《续玄怪录》五卷，同类又收李复言《搜古异录》十卷。《搜古异录》十卷，不载《唐志》，或即《续玄怪录》五卷本之误。《宋志》一书异称，多两载。）至南宋临安书棚本《续玄怪录》四卷，凡二十三事。当为书贾掇拾，已非完帙。故《广记》所引，多为此本所不载。”可见《续玄怪录》原有与《纂异》卷数相符之十卷本，又有与《纂异》相近的《搜古异录》的名称。我们设想，这位李复言，作为一个江湖举子，从元和时代以来，就写作传奇，各处行卷，乞食求举，随着篇幅的增多，也就随时改变书名，以希一新耳目。其书最初只有五卷，为了借当时已经风行的《玄怪录》作广告，便以《续玄怪录》为名，[1]后来增至十卷，于是改称《搜古异录》。开成五年，他用这部书去纳省卷，才又改名《纂异》。因此，虽然书名不同，卷数有异，都还是他一人的作品。当然，这里所提供的，只是一种合乎情理的推测。总之，从《续玄怪录》这个书名来看，李复言确是牛僧孺在这方面的效法者。如果《玄怪录》曾由牛僧孺用来行卷，如《云麓漫钞》所载，则《续玄怪录》也是行卷之文，就更为可能了。

《传奇》，裴铏撰，原书三卷，现在也散佚了。郑振铎先生曾从《太平广记》中辑出二十四篇，印入《世界文库》第一册。后来柳文英先生又从《类说》及《岁时广记》中补辑了六篇。[2]裴铏的事迹，今日所知很少，而且今传史料中也没有他是及第进士或曾应进士科举的记载。据《新唐书·艺文志》卷三、《唐诗纪事》卷六十七及《全唐文》卷八百五所载，他

---

① 汪先生《〈玄怪录〉叙录》论此书对唐人传奇的影响说："牛氏书既盛行一时，继起而拟之者，薛渔思有《河东记》三卷，亦记谲怪事，自序云：'续牛僧孺之书。'（见《郡斋读书志》十三）张读有《宣室志》十卷、亦纪仙鬼灵异事迹。读字圣朋，则张鷟之裔，而牛僧孺之外孙也。（见《唐书》一百六十一《张荐传》）至李复言之书，则直云《续玄怪录》，皆沿其流波而益加诙诡者也。"

② 参柳文英：《谈裴铏的〈传奇〉》（《文学遗产》第187期，《光明日报》1957年12月15日）。

在咸通（860—874）中为静海军节度使高骈掌书记，乾符元年（878）以御史大夫为成都节度副使。陈寅恪在《唐代政治史述论稿》上篇《统治阶级之氏族及其升降》中曾举董召南、李益等人的事例为证，认为："在长安文化统治下之士人，若举进士不中，而欲致身功名之会者，舍北走河朔之外，则不易觅其他之途径也。"陈先生这个结论可能下得过分肯定了一些，但中、晚唐有些士子在中央政权之下不能获得进士及第，就往往跑到地方政权——藩镇那儿去找政治出路，也是事实。裴铏为高骈掌书记，或许就是这样一种情况所导致的结果，而《传奇》也可能就是他在这以前应进士科举时的行卷之作。文献不足，对于赵彦卫的记载所能提出的旁证，也就止于此了。

既然唐代进士曾用传奇小说行卷是个事实，现存唐代传奇小说的作者和进士科举有关的，又占有一定的数量，为古今学者所认为是曾被用来行卷的三部专集又是比较优秀的作品，宋以来"传奇"一词甚至于因为它的盛行于世而由专名变成了通名，则唐代进士以传奇小说行卷，确曾对这种新兴文学样式的发展，起过相当大的促进作用，是无可怀疑的。

九　结论及余论

科举是隋、唐以来我国封建社会中的统治阶级为了巩固其政权而采取的一种官员选拔制度。这种制度的实施，逐步打破并且终于消灭了在这以前长期存在的旧贵族单凭门第垄断政权的局势，[①]而使得一般寒族和中小地主阶级分子也获得了较前远为广泛的参与国家政治活动的机会。这是一个在统治阶级内部重新调整和配备力量，以强化其政权的重大措施。它不可避免地要在社会生活各方面产生各种各样的影响和后果，不论其是积极的还是消极的，好的还是坏的。

进士科举，则又是唐代科举制度中最重要的组成部分。它主要是以文词优劣来决定举子的去取。这样，就不能不直接

---

① 关于东晋以来贵族高门垄断政权及其他活动的情况，王伊同《五朝门第》及《北朝门第》两书有详尽的史料辑述，可参看。

对文学发生作用。这种作用，应当一分为二，如果就它以甲赋、律诗为正式的考试内容来考察，那基本上只能算是促退的；而如果就进士科举以文词为主要考试内容因而派生的行卷这种特殊风尚来考察，就无可否认，无论是从整个唐代文学发展的契机来说，或者是从诗歌、古文、传奇任何一种文学样式来说，都起过一定程度的促进作用。这就是本书的一个极其简单的结论。

根据文献，五代时的进士行卷之风，还是和唐代相同。赵宋帝国建立以后，为了适应新政权的需要，才将科举制度做了一番修改。盛如梓《庶斋老学丛谈》卷下云：

> 前辈谓：科举之法虽备于唐，然是时考真卷；有才学者，士大夫犹得以姓名荐之有司，有司犹得以公论取之。如吴武陵以《阿房宫赋》荐杜牧，必欲置之首选是也。宋自淳化中立糊名之法，祥符中建誊录之制，进士得失，始一切付之幸不幸。

便是其改革的一部分情况，可与前引《东斋纪事》参照。试卷上的姓名既被糊没，笔迹又因重行誊录而无从辨识，因而采取誉望、事先加以推荐的方式，就不再存在可能性，而行卷的风尚也就自然随之消失。[①]行卷之风的消失，就使得宋以来应举的人，除了习作历代朝廷规定了程式的文章外，无须再从事其他文学创作以谋取科第。这样，科举制度就只能桎梏人的思想并败坏人的文笔，而不能再对文学的发展发生任何好的作用。

事情很清楚，文学的发展是作家们以其先进的世界观体验生活、以其优秀的艺术手段反映生活的结果。同时，影响文学发展的历史社会条件也是多种多样的、非常复杂错综的。我们在解释唐代文学发展这一历史现象的时候，决不应当把当时的封建统治阶级提倡文学的手段之一——行卷的作用，强调到不符合事实，也就是不恰当的地步。但任何作家，作为一个阶级社会中在一定的阶级地位中生活的人，是不能不受那个历史时代的各种社会条件所制约的。这些条件，对于一代文风的形成

---

① 由宋迄清，文士们将自己的书启、诗文等送请比自己的地位或水平高的人看，希望得到提拔或教益，也还沿用了行卷这个名称，如宋费衮《梁溪漫志》卷三《行卷》条载："前辈行卷之礼，皆与刺俱入，盖使主人先阅其文，而后见之。宣和间苍梧胡德辉见刘元城，尚仍此礼。近年以来，率倏相见之时，以书启面投，大抵皆求差遣、匄私书、干请乞怜之言，主人例避谢而入袖，退阅一二，见其多此等语，往往不复终卷。彼方厌其干请，安得为之延誉？士之自处既轻，而先达待士之风，至此亦扫地矣。"又如晚清的易顺鼎，就有一部名为《丁戊之间行卷》的诗集，顾印愚《成都顾先生诗集》补遗中《青春》一首末二句云："琴影差池诗格退，浪持行卷损年华。"但这都与应科举考试没有关系，也就是名存实亡了。

和作家的成长，都随时随地要产生无可避免的影响。在唐代以来一千多年的我国封建社会文学史上，科举制度对文学的发展当然起不了什么决定性的作用，可是唐代进士行卷之风的存在和宋以来这种风尚的不复存在，所给予文学历史以及作家们的影响，还是有区别的。列宁指出："在分析任何一个社会问题时，马克思主义理论的绝对要求，就是要把问题提到一定的历史范围之内。"[①]"要真正地认识事物，就必须把握、研究它的一切方面，一切联系和'中介'。我们决不可能完全地做到这一点，但是，全面性的要求可以使我们防止错误和防止僵化。"[②]正因为如此，我们觉得，在探讨唐代文学发展的原因时，如果不适当地估计进士行卷之风对它所起过的作用，恐怕是不妥当的；而如果对这一历史现象略而不谈，那就更不能不算是一种疏忽了。

① 《论民族自决权》，《列宁全集》第20卷，第401页。

② 《再论工会、目前局势及托洛茨基和布哈林的错误》，《列宁全集》第32卷，第83—84页。

国家新闻出版广电总局
首届向全国推荐中华优秀传统文化普及图书

大家小书书目

国学救亡讲演录	章太炎 著 蒙 木 编
门外文谈	鲁 迅 著
经典常谈	朱自清 著
语言与文化	罗常培 著
习坎庸言校正	罗 庸 著 杜志勇 校注
鸭池十讲（增订本）	罗 庸 著 杜志勇 编订
古代汉语常识	王 力 著
国学概论新编	谭正璧 编著
文言尺牍入门	谭正璧 著
日用交谊尺牍	谭正璧 著
敦煌学概论	姜亮夫 著
训诂简论	陆宗达 著
金石丛话	施蛰存 著
常识	周有光 著 叶 芳 编
文言津逮	张中行 著
经学常谈	屈守元 著
国学讲演录	程应镠 著
英语学习	李赋宁 著
中国字典史略	刘叶秋 著
语文修养	刘叶秋 著
笔祸史谈丛	黄 裳 著
古典目录学浅说	来新夏 著
闲谈写对联	白化文 著
汉字知识	郭锡良 著
怎样使用标点符号（增订本）	苏培成 著
汉字构型学讲座	王 宁 著

诗境浅说	俞陛云　著
唐五代词境浅说	俞陛云　著
北宋词境浅说	俞陛云　著
南宋词境浅说	俞陛云　著
人间词话新注	王国维　著　滕咸惠　校注
苏辛词说	顾　随　著　陈　均　校
诗论	朱光潜　著
唐五代两宋词史稿	郑振铎　著
唐诗杂论	闻一多　著
诗词格律概要	王　力　著
唐宋词欣赏	夏承焘　著
槐屋古诗说	俞平伯　著
词学十讲	龙榆生　著
词曲概论	龙榆生　著
唐宋词格律	龙榆生　著
楚辞今绎讲录	姜亮夫　著
中国古典诗歌讲稿	浦江清　著 浦汉明　彭书麟　整理
唐人绝句启蒙	李霁野　著
唐宋词启蒙	李霁野　著
唐诗研究	胡云翼　著
风诗心赏	萧涤非　著　萧光乾　萧海川　编
人民诗人杜甫	萧涤非　著　萧光乾　萧海川　编
唐宋词概说	吴世昌　著
宋词赏析	沈祖棻　著
唐人七绝诗浅释	沈祖棻　著
道教徒的诗人李白及其痛苦	李长之　著
英美现代诗谈	王佐良　著　董伯韬　编
闲坐说诗经	金性尧　著
陶渊明批评	萧望卿　著
古典诗文述略	吴小如　著

怎样阅读现代派诗歌	郑　敏　著
新诗与传统	郑　敏　著
舒芜说诗	舒　芜　著
名篇词例选说	叶嘉莹　著
汉魏六朝诗简说	王运熙　著　董伯韬　编
唐诗纵横谈	周勋初　著
楚辞讲座	汤炳正　著 汤序波　汤文瑞　整理
好诗不厌百回读	袁行霈　著
山水有清音 ——古代山水田园诗鉴要	葛晓音　著
红楼梦考证	胡　适　著
《水浒传》考证	胡　适　著
《水浒传》与中国社会	萨孟武　著
《西游记》与中国古代政治	萨孟武　著
《红楼梦》与中国旧家庭	萨孟武　著
《金瓶梅》人物	孟　超　著　张光宇　绘
水泊梁山英雄谱	孟　超　著　张光宇　绘
水浒五论	聂绀弩　著
《三国演义》试论	董每戡　著
《红楼梦》的艺术生命	吴组缃　著　刘勇强　编
《红楼梦》探源	吴世昌　著
《西游记》漫话	林　庚　著
史诗《红楼梦》	何其芳　著 王叔晖　图　蒙　木　编
细说红楼	周绍良　著
红楼小讲	周汝昌　著　周伦玲　整理
曹雪芹的故事	周汝昌　著　周伦玲　整理
古典小说漫稿	吴小如　著

三生石上旧精魂
——中国古代小说与宗教　白化文　著
《金瓶梅》十二讲　宁宗一　著
古体小说论要　程毅中　著
近体小说论要　程毅中　著
《聊斋志异》面面观　马振方　著

我的杂学　周作人　著　张丽华　编
写作常谈　叶圣陶　著
中国骈文概论　瞿兑之　著
论雅俗共赏　朱自清　著
文学概论讲义　老　舍　著
中国文学史导论　罗　庸　著　杜志勇　辑校
给少男少女　李霁野　著
古典文学略述　王季思　著　王兆凯　编
古典戏曲略说　王季思　著　王兆凯　编
西洋戏剧简史　董每戡　著
中国戏剧简史　董每戡　著
鲁迅批判　李长之　著
说八股　启　功　张中行　金克木　著
译余偶拾　杨宪益　著
文学漫识　杨宪益　著
三国谈心录　金性尧　著
夜阑话韩柳　金性尧　著
漫谈西方文学　李赋宁　著
历代笔记概述　刘叶秋　著
周作人概观　舒　芜　著
古代文学入门　王运熙　著　董伯韬　编
有琴一张　资中筠　著
西与东　乐黛云　著
新文学小讲　严家炎　著

回归，还是出发	高尔泰　著
文学的阅读	洪子诚　著
中国文学1949—1989	洪子诚　著
鲁迅作品细读	钱理群　著
中国戏曲	么书仪　著
元曲十题	么书仪　著
唐宋八大家 ——古代散文的典范	葛晓音　选译
辛亥革命亲历记	吴玉章　著
中国历史讲话	熊十力　著
中国史学入门	顾颉刚　著　何启君　整理
秦汉的方士与儒生	顾颉刚　著
三国史话	吕思勉　著
史学要论	李大钊　著
中国近代史	蒋廷黻　著
民族与古代中国史	傅斯年　著
五谷史话	万国鼎　著　徐定懿　编
民族文话	郑振铎　著
史料与史学	翦伯赞　著
唐代社会概略	黄现璠　著
清史简述	郑天挺　著
两汉社会生活概述	谢国桢　著
中国文化与中国的兵	雷海宗　著
元史讲座	韩儒林　著
海上丝路与文化交流	常任侠　著
中国史纲	张荫麟　著
两宋史纲	张荫麟　著
北宋政治改革家王安石	邓广铭　著
从紫禁城到故宫 ——营建、艺术、史事	单士元　著

春秋史	童书业　著
明史简述	吴　晗　著
旧史新谈	吴　晗　著　习　之　编
史学遗产六讲	白寿彝　著
杨向奎说上古史	杨向奎　著
司马迁之人格与风格	李长之　著
舆地勾稽六十年	谭其骧　著
魏晋南北朝隋唐史	唐长孺　著
秦汉史略	何兹全　著
魏晋南北朝史略	何兹全　著
司马迁	季镇淮　著
唐王朝的崛起与兴盛	汪　篯　著
二千年间	胡　绳　著
论三国人物	方诗铭　著
考古发现与中西文化交流	宿　白　著
清史三百年	戴　逸　著
清史寻踪	戴　逸　著
走出中国近代史	章开沅　著
中国古代政治文明讲略	张传玺　著
艺术、神话与祭祀	张光直　著 刘　静　乌鲁木加甫　译
中国古代衣食住行	许嘉璐　著
辽夏金元小史	邱树森　著
中国古代史学十讲	瞿林东　著
宾虹论画	黄宾虹　著
中国绘画史	陈师曾　著
和青年朋友谈书法	沈尹默　著
中国画法研究	吕凤子　著
桥梁史话	茅以升　著
中国戏剧史讲座	周贻白　著

俞平伯说昆曲	俞平伯 著 陈 均 编
新建筑与流派	童 寯 著
论园	童 寯 著
拙匠随笔	梁思成 著 林 洙 编
中国建筑艺术	梁思成 著 林 洙 编
沈从文讲文物	沈从文 著 王 风 编
中国画的艺术	徐悲鸿 著 马小起 编
中国绘画史纲	傅抱石 著
龙坡谈艺	台静农 著
中国舞蹈史话	常任侠 著
中国美术史谈	常任侠 著
说书与戏曲	金受申 著
世界美术名作二十讲	傅 雷 著
中国画论体系及其批评	李长之 著
金石书画漫谈	启 功 著 赵仁珪 编
吞山怀谷——中国山水园林艺术	汪菊渊 著
故宫探微	朱家溍 著
中国古代音乐与舞蹈	阴法鲁 著 刘玉才 编
梓翁说园	陈从周 著
旧戏新谈	黄 裳 著
民间年画十讲	王树村 著 姜彦文 编
民间美术与民俗	王树村 著 姜彦文 编
长城史话	罗哲文 著
人巧与天工——中国古园林六讲	罗哲文 著
现代建筑奠基人	罗小未 著
世界桥梁趣谈	唐寰澄 著
如何欣赏一座桥	唐寰澄 著
桥梁的故事	唐寰澄 著

园林的意境	周维权　著
万方安和 ——皇家园林的故事	周维权　著
乡土漫谈	陈志华　著
现代建筑的故事	吴焕加　著
中国古代建筑概说	傅熹年　著
简易哲学纲要	蔡元培　著
大学教育	蔡元培　著 北大元培学院　编
老子、孔子、墨子及其学派	梁启超　著
春秋战国思想史话	嵇文甫　著
晚明思想史论	嵇文甫　著
新人生论	冯友兰　著
中国哲学与未来世界哲学	冯友兰　著
谈美书简	朱光潜　著
中国古代心理学思想	潘　菽　著
佛教基本知识	周叔迦　著
儒学述要	罗　庸　著　杜志勇　辑校
周易简要	李镜池　著　李铭建　编
希腊漫话	罗念生　著
佛教常识答问	赵朴初　著
大一统与儒家思想	杨向奎　著
孔子的故事	李长之　著
西洋哲学史	李长之　著
哲学讲话	艾思奇　著
中国文化六讲	何兹全　著
墨子与墨家	任继愈　著
中华慧命续千年	萧萐父　著
儒学十讲	汤一介　著
汉化佛教与佛寺	白化文　著

传统文化六讲	金开诚　著　金舒年　徐令缘　编
美是自由的象征	高尔泰　著
论美	高尔泰　著
中华文化片论	冯天瑜　著
儒者的智慧	郭齐勇　著
中国政治思想史	吕思勉　著
市政制度	张慰慈　著
政治学大纲	张慰慈　著
民俗与迷信	江绍原　著　陈泳超　整理
乡土中国	费孝通　著
社会调查自白	费孝通　著
怎样做好律师	张思之　著　孙国栋　编
中西之交	陈乐民　著
法律常识	江　平　著　孙国栋　编
经济学常识	吴敬琏　著　马国川　编
天道与人文	竺可桢　著　施爱东　编
中国医学史略	范行准　著
优选法与统筹法平话	华罗庚　著
数学知识竞赛五讲	华罗庚　著

出版说明

“大家小书”多是一代大家的经典著作，在还属于手抄的著述年代里，每个字都是经过作者精琢细磨之后所拣选的。为尊重作者写作习惯和遣词风格、尊重语言文字自身发展流变的规律，为读者提供一个可靠的版本，“大家小书”对于已经经典化的作品不进行现代汉语的规范化处理。

提请读者特别注意。

北京出版社